再遇已在病患時

陳愴 著

獲益出版事業有限公司

目錄

自序

去年初（二〇二〇年）寫成的《白沙鎮》，我在序文的開頭就說：「本書或許是我最後一部長篇小說了，因為我年屆八旬，垂垂老矣，不宜再寫耗費心力的長篇小說了。」想不到不足一年又寫成一部十二三萬字新的長篇。

去年春季寫成的《白沙鎮》，已經打好字排好版了，正想付梓，新冠肺炎在武漢爆發，病毒很快就傳播到世界各地，香港當然不能倖免。因為疫情蔓延，社會上各行各業都受到衝擊，人人自危，以前為我出書的獲益出版社也逼得停頓。因此，已經排好版的《白沙鎮》只好暫時擱置。

疫情期間，不便出門，我躲在家中，開始動筆寫《再遇已在病患時》。此前十幾年中，我寫了短、中、長篇小說十部，都是用寫實手法寫成的，沒有能力創新。

多年來，我都想寫一部突破以前的作品，我知道，小說要有創意；缺乏創意的小說不是好的小說。問題是，怎樣才可以寫出有創意的小說？

前年我的食道生腫瘤，吞嚥食物出現困難，因病情出入醫院前前後後四五十次，看了幾位專科醫生，聽他們告訴我的病情，如何做手術割除腫瘤、化療、電療的情況，見識醫院癌症部門的各種設備，在腫瘤部門接觸到不少患癌症的病友。因為我想寫一部以癌症為題材的小說，厚著面皮打探他/她們的身體甚麼部位生腫瘤、怎樣發現的、發現時是第幾期、心理感受怎樣等等。男病友之中，有人患肺癌，有人患肝癌，有人患腸癌，有人患鼻咽癌。女病友之中，有人患乳癌，有人患子宮癌，有人患卵巢癌，有人患胰臟癌。

我內子中年時子宮生腫瘤，發現時是初期癌腫，為了避免癌細胞轉移出別的器官去，把子宮割掉了，至今多年，還活得好好，健康快樂過日子。我的小姨年青時發現乳房有硬塊，去看醫生。醫生檢查，插儀器入她的乳房抽腫瘤組織去化驗，確診是癌腫瘤，做手術把乳房割掉了，兩隻乳房剩下一隻，胸脯一邊高一邊低，出門時，佩戴有義乳的胸罩作掩飾，表面看，人家不知道她切掉一隻乳房。我在醫院的經歷、見聞和親人患癌症的事例中，學到不少關於各種癌症的知識。

為了寫好這部以癌症為題材的小說，我去書店買醫學雜誌、醫學書本回來看，專家的文章，有癌症如何形成、怎樣治療、吃甚麼食物可以抗癌，患癌病者如何對抗癌魔等等。

我的食道腫瘤，醫生在內窺鏡中檢查到腫瘤的大小和位置了，抽腫瘤的組織去化驗，確診是初期癌症，不必做手術割除腫瘤，做放射治療就可以了。我依照日期、時間去威爾斯親王醫院的放射治療部門接受三十次電療，回家休養，大約一個月，食道的腫瘤漸漸消失了，吞嚥食物沒有問題了。過了幾個月，又依照約定的日期時間去醫院照內窺鏡，醫生說我食道中的癌細胞已經全部殺死了，可以放心工作生活了。

我的食道癌能治癒，精神好了，全心投入寫作。為了尋找寫作資料，我和朋友去河西走廊、莫高窟、三危山、鳴沙山、月牙泉等地旅遊，實地參觀考察。寫小說雖然是憑想像寫作，但是沒有這方面的經歷、見聞，寫出來的小說只是蒼白虛幻，浮光掠影，作品不會真摯感人。

沈從文生長在湖南的鳳凰城，親見親聞湘西民國初年的人與事，才能寫出《邊城》這樣牧歌式的真摯感人的小說。曹雪芹是曠世奇才，他若不是生長在清初盛世的貴族之家，怎樣寫得出《紅樓夢》這部震古爍今的傑作？張愛玲也有才華，她生長在上海的沒落貴族之家，年輕時在中學大學受教育，從未體驗過鄉村的農民生活，她居然寫解放初期以農村為題材的《秧歌》，不難想像，她寫農村的人與事，當然是隔靴搔痕，虛假到不知所謂，只能騙騙不知道農村「土改」是怎麼回事的學院派學者！

我寫的小說，題材、內容都是我親見親聞的人與事，不熟悉的人事我不敢寫，也不會寫。當然我寫的不是報告文學，不是紀實小說，不是寫某人的傳記，而是創作純真的文學小說。小說的故事是虛構的，人物是虛構的，情節細節是想像出來的。

吳承恩的《西遊記》就是以天馬行空的想像力寫成的。但吳先生有人生歷練，他筆下的唐三藏、孫悟空、豬八戒、沙和尚、牛魔王、鐵扇公主、蜘蛛精等人物，都各有個性，言談行動都各如其分，栩栩如生，都能感動讀者，經得起時間考驗，成為文學經典，流傳後世。

我這部剛剛寫成的《再遇已在病患時》，當然不是具創意之作，但無論題材、內容、形式、技巧都與我以前的舊作不同，在我的寫作生涯中，本書是較為滿意的。

甚麼理由較為滿意？

題材罕見（癌症），癌症是人類的最大殺手。沒有患癌症入醫院治療的作者寫出來的小說不免是虛假的現象，不會真摯感人。我有這方面的苦難經歷，在治病期間開始構思了一段日子，病癒才敢動筆寫。「怎樣寫」，即是取用甚麼形式、技巧去呈現。這部小說的呈現手法跟我以前的作品並不相同——這是我首次超越自己。

我是個缺乏才華的寫作者，寫作時沒有信心，恐怕寫出來的作品不好。不敢奢望超越別的作家，只想挑戰自己，只要突破超越自己就好了。

卷一

奪愛

1

我最後一次去威爾斯親王醫院地庫放射治療室接受電療時，想不到在放療室門前遇到鄭明明。鄭明明是我年輕時的朋友，因為兩人都愛上一名男子，都想得到他，搞到朋友變成情敵，反目成仇，不歡而散各走各路，大家因此失去聯絡三十年。我早已成為人妻人母了，她有沒有同別的男子結婚？至今還是單身老女？這件事過了這麼多年，看來她還是耿耿於懷，不肯原諒我。

但是這件事發生在三十年前，是鐵一般的現實，還改變得了嗎？我是女人，當然明白她的心理，雖然她沒有跟我講，也看得出至今她還是深深愛着辛文。改變我們人生路的，是一場電影，那年某個晚上，鄭明明和我去百樂門戲院看黑澤明改編導演的《羅生門》，不期而遇到她的男朋友辛文先生。當時電影已經開映了，辛文先生才急匆匆入場，他的座位恰巧在我旁邊。他一坐下就聚精會神看電影，完全不注意我，恍惚當我是隱形人。

看完電影，時間還早，辛文先生提議去餐廳飲茶。我樂得奉陪，因為我一見到他就神魂顛倒，深深愛上他，是一見鍾情吧！

在餐廳飲茶的時候，我們坐卡位，辛文先生坐一邊，我和鄭明明坐一邊，形成品字型，兩女對一男，他當時的一言一語、一舉一動，都在我的注視中，給我留下良好的印象。他寫他家的電話號碼給鄭明明，也寫給我（或許他不打算給我電話號碼，他既然寫給鄭明明，若是不寫給我說不過吧？）

飲完茶，從餐廳出來，他跟鄭明明握手道別，也跟我握手。握手的時候，他的手掌又大又溫暖，像電源一樣傳到我身上，讓我暈眩。我真不想放開，想握久一點，但又不得不放開。

離別各自回家，我不知道鄭明明有沒有打電話給他，第二天晚上我就在家裏打電話給他，把預先想好的話跟他閒聊，希望他跟我說情話，約會我。但是在談話中他總是談關於鄭明明的事，明顯是他關心她不關心我。

鄭明明對我說過，她是在公共圖書館認識辛文的。圖書館是借讀書的清靜場所，大家見面時，只是點點頭交換一下眼神表達心意，不便談話，不交談怎可以了解對方呢？所以他就在電話中旁敲側擊打探她的工作生活情況，想從我的口中進一步了解鄭明明。

我和辛文只有一面之緣，在餐廳飲完茶，就各自回家，短短的會面，他當然不了解我，他怎麼在電話中沒有問我的工作生活情況？鄭明明的性情含蓄、內向，心事不會隨便向別人表露，就是她喜歡辛文，也不會主動打電話給他談心事。這樣就好，我有機會做功夫了，不是說「男追女隔堵牆，女追男隔層紙」嗎？一堵牆難逾越，一層紙一衝就破，我就是要衝破這層紙，捷足先登去抓住他！

我在電話中問他有時間可不可以去郊外遊玩？他反問我是不是和鄭明明一齊去。我隨口答是。他信以為真，很高興，馬上答應我，問我在甚麼地方會面。我說，三天後是星期日，早上在中環的離島碼頭會合，大家都要守約，不可不來。

我們都居住九龍市區，需要搭渡海小輪過海去中環，上岸後，步行十多分鐘去離島碼頭。離島碼頭有小輪船去梅窩，有船去長洲，有船去南丫島，有船去平洲。我約會辛文去長洲，鄭明明毫不知情，被蒙在鼓裏，我才可以跟辛文談情說愛，發展戀情。

三天時間容易過。星期日早上，我一到達離島碼頭，辛文已經在閘門前面等待了。他一見到我，就問鄭明明為甚麼沒有來？我隨口說，她的媽媽有急病，需要照顧老人家，不能來，她爽約了，說抱歉。

辛文的表情顯得很失望，他說：「既然她不能來，為甚麼沒打電話給我？」我說謊：「我一知道鄭明明的媽媽生病，她不能來，就打電話給你，你媽說你已經離家出門了，沒有辦法通知你。」

辛文問我，鄭明明有急事不能來怎麼辦？我說，她不能來，我們兩人也可以去。我怕他打退堂鼓，事不遲疑，我馬上去售票處買了兩張船票，拉着他的手入閘。我們一入閘，走前幾步，踏着跳板上船——這樣辛文不去長洲也不行了。

我拉着他的手，爬樓梯上上層，剛坐在靠背長椅上，水手就解纜開船了。我問他以前有沒有去過長洲？他說沒有。我說，沒有去過就好，長洲的風景美麗，景色怡人，這回他可以開開眼界了。

前幾年，我、鄭明明和另外兩個女子去長洲遊玩過一次，如今我是識途老馬了，心想：你辛文哥仔不是要聽我的話跟我走？這時輪船離開碼頭，乘風破浪向前航行，晨風拂面，我的心情十分好，在心中哼唱那首耳熟能詳的流行曲：哥仔呀，你靚靚得妙，你引動我思潮，我含情帶笑，眼角做介紹，還望哥你快把我來瞧……

辛文和我並排坐在長靠背椅上，面向船頭，他見不到我得意的神情，當然不知道我在心中哼唱這首粵語流行曲。假如他知道，會不會轉頭把我來瞧？

論美貌，講風情，取悅男子，鄭明明都不如我，你辛文跳得出我的五指山？我的知識、學問、才華都不及鄭明明，但是她的性情含蓄內斂，興趣在書本，讀書追求學問，不善交友，不會取悅男人，看你辛文跌入她的懷抱還是跌入我司徒珊的懷抱？

輪船上都是陌生人，他們有男有女，我不知道他們是夫婦還是戀人，他們當然也不知我與辛文是甚麼關係，是新朋友還是舊情人，我和辛文就是有親熱的舉動，也不會傳到鄭明明的耳朵去。我靠近他，聞到他的汗香，他的汗香，健碩的身體像磁石一般吸引我，我的頭不由自主靠在他寬闊的肩膊上，柔軟的長髮拂在他的臉上、頸上。

他見我的眼睛半開半合、疲憊的神態，問我是不是暈船浪？我不是暈船浪，是暈他的人浪。可是我不好說出口，顧左言他，說昨夜只想著去長洲遊玩的事，睡得不好，有點睏倦。他靜靜地坐着，他不敢摟我還是像柳下惠那樣坐懷不亂？唐僧去西天取經路上，被蜘蛛精提去百般挑逗、引誘，也曾經動過凡心偷看她們，我不信你辛文的道行勝過大德高僧。我伏在他的肩膊上，對着他的頸項呼呼吐氣，使出渾身解數吸引他。他被我的美貌熱情融化了，不能自持了，伸手攬着我的腰背，我趁他側身時跌入他的懷抱中。剛才我說過昨夜睡得不好，有點睏，就合上眼皮，裝模作樣呼呼入睡。他以為我睡熟了，撫摸我的臉，撫摸我的身子，還低下頭親吻我的臉頰、嘴唇——我的初吻就是這樣獻給他了。他嘴唇上又硬又短的鬚根擦着我的臉頰，痕痕癢癢，我不禁「呀」一出聲來。他驚了，恍惚害怕我會責怪他放肆，馬上放開我。我從他懷中坐起來，含情脈脈望着他，閃電般親吻他一下，他緊張害怕的神情才回復自然。我吻他，當然也想他吻我。但是輪船上這麼多人，眾目睽睽下他不好意思同我親熱了。

我向前看看，輪船已經離開維多利亞海峽，乘風破浪向前行，海上的大島小島，宛如棋盤上的棋子，大小船隻在海上往來航行，滾起一道道浪花。太陽高高掛在東方天上，白雲緩緩舒展移動，海水湛藍，浪濤湧動，海風拂面。我輕易有了戀人，心情舒暢，希望辛文和我的戀情發展下去，開花結果。看得出，辛文喜歡鄭明明，鄭明明也喜歡辛文，但是他們只是朋友，還未結婚，喜歡又怎樣？我只是爭奪她的男朋友，又不是搶她的丈夫，這個時候，誰的功夫做得好誰是贏家，她失去他，是她低能，怨得誰？優勝劣敗的道理她曉得，為何她不勇敢爭取？真有天上掉下來的餡餅？柵架上的葡萄，你不伸手去摘，要它掉入你口中？如果世上有坐享其成的事，還會有人去爭取奮鬥嗎？

「剛才我冒犯了你，對不起。」

辛文向我道歉。他這個人真的憨直得可以，是我向他投懷送抱的，他竟然害怕到要向我賠罪。我嚇唬他，問他以後應該怎樣對我。他說，以後不敢親我親吻我了。

你看，他這個人一點都不懂女孩子的心理，怎樣追求得到思想保守、性情內向的鄭明明？

我說，以後你不敢吻我？你這樣膽小怎樣追女仔？

他的面紅了，不出聲，不知道他聽不懂我的話還是面皮薄。

輪船上層，一排排靠背椅坐滿了人，前後左右都有眼睛，他們的目光像撒網，我不好跟他太親熱了，想同他談話，又找不到話題，只默默地坐着，偶然瞟他一眼，目光像撒網。他也是靜靜地坐着，眼向前方，不知道他在看船外的風景還是在想心事。我挨在他身邊，聞到他身體的汗香，深深地吸着。他知不知道我喜歡聞他身上的氣味？一個女子喜歡聞一個男子的體香，就意味着愛上他了。老實講，鄭明明那天晚上介紹我跟他認識，一看到他英俊的樣貌、健碩的身體，我就對他有愛意了，想親近他，只是不知道他與鄭明明的戀情好不好，因為她在場，不便對他示愛而已。

那天晚上在百樂門戲院看黑澤明導演的《羅生門》，看完電影又去餐廳飲茶、談話，大家交換電話號碼。有了他家的電話號碼，我才瞞着鄭明明打電話約他去長洲。這個機會是鄭明明給我造就的，要不然，我就沒有這樣的良機親近他，跟他去長洲遊玩。

辛文輕輕推開我，我們坐直身子，他忽然問我：「那天晚上在戲院看的《羅生門》好不好看？你有甚麼感想？」

我在心中說，影片中幾個人物，有時在山林中打鬥，有時在草地上做那種男女之事，劇情懸疑詭秘，看到我一頭霧水，不知道導演黑澤明要表達的是甚麼。我說不出我的感想，只好坦白說我看不懂，免得講錯了在他面前出醜。

辛文說：《羅生門》這部電影很多人都看不懂，像你一樣看得一頭霧水，不知道是甚麼意思。好在我看過日本作家芥川龍之介的《羅生門》、《竹藪中》的原著，知道這兩篇小說的內容、形式和主題思想。黑澤明根據芥川龍之介這兩篇小說編導成的《羅生門》，電影一開頭取景於日本古老的「羅生門」門樓，影片主要是《竹藪中》的內容和形式。

《竹藪中》這篇小說，主要男女人物有七個，他們輪流被檢察官盤問，第一個出場的是樵夫，因為他上山砍杉樹，是他最先發現那具屍體的，男死者的胸口中了一刀重傷而死。檢察官問他有沒有見到兇徒？樵夫說沒有，只見到杉樹下遺留下一條繩子、一把刀子，死屍旁邊的草地被人踐踏得亂七八糟，明顯是死者被殺之前曾經跟別人打鬥留下來的痕跡。

第二個被檢察官盤問的是行腳僧。他作供時說：死者生前和一個騎馬的女人一齊走向關山那邊去，她戴着笠帽，又圍着面紗，看不清楚她的面容。她騎的馬花白色，四蹄得得疾走。男人腰間有佩刀，攜着弓箭，箭筒插着二十幾支箭，他有刀有弓箭傍身，也被人殺死，可見他的對手武功不凡。

第三個被檢察官審查的是衙吏。他說：他抓捕的多襄丸經常在京都地區出沒，是個犯罪多多的強盜，他是好色之徒，姦污了不少良家婦女。他有佩刀、有弓箭，騎着快馬，要抓捕他並不容易，若不是他被快馬摔在石橋上受傷，就無法逮捕他歸案。

第四個被檢察官查問的是個老婦。她說：那名被殺害的男子是她女婿，他不是京都人，是若狹縣的武士，名叫金澤武弘，年二十六歲，性情溫和，照理不會被仇人殺害。她的女兒小名叫真砂，現年十九歲，膚色微黑，左眼角有黑痣，性情倔強，除了丈夫金澤武弘沒有其他男人。她的女婿金澤武弘被強盜殺死了，連女兒真砂也失去蹤影，希望官府為她尋找回她的女兒。

第五個自白的是強盜多襄丸。他承認殺害男子是他所為，但是沒有殺那個騎馬的女子，不知道她到底去了何處，打死他也供不出來。他跟那個武士決鬥時，她乘機逃跑了，若不是，他一定要奪她這位美人睡她。這位美人是和武士一起進入出林的，當然是他的情人或妻子，要得到她，必須殺死那個武士才行。但是，盜亦有道，我不忍心殺他，提議跟他決鬥，看看誰勝誰敗。那個武士的功夫了得，我跟他單打獨鬥了二十回合才一刀捅入他的胸膛……那個美人趁我跟她的男人決鬥時悄悄逃跑不知去向……

第六個是在清水寺懺悔的女子。她向菩薩懺悔：我和相公被多襄丸引誘入山林中尋寶，我們一入到樹林中就被強盜打翻在地，那個強盜捆綁相公在樹頭上，還在他嘴裏塞滿竹葉，無法呼喊，只好眼睜睜看着強盜淫辱我。他污辱了我才在相公的胸口上捅了一刀，他殺了人，急急跳上馬背逃跑了。我受那個強盜淫辱時拚命反抗，但他獸性大發，紅了眼，壓住我，我反抗亦徒勞。他得手後逃跑了，我從地上爬起來，解開相公身上的繩子救他，但是為時已晚，他重傷流血太多斷了氣。當時我傷心欲絕，不想做人了，想用刀子自殺陪相公一齊走上黃泉路，只是沒有勇氣這樣做……

第七個是武士的鬼魂藉靈媒之口自述：那個強盜姦淫了我的妻子，對她說：「你已經失身於我，你相公不會要你了，我太愛你才做這種事，你不如跟我走做我老婆好哩。」吾妻真砂居然說：「你看，他還未斷氣，睜着眼睛怒視我們，你快些殺死他，我嫁你才安心。你再捅他一刀，我才跟你走。」這樣無情無義、水性楊花的妻子，我有眼無珠娶到她，她激死我啦，我不想活了！這時我才看到我前面的草叢中有人遺留一把刀子，我伸手抓到它，在頸上一抹才斷氣倒地。

辛文講了電影《羅生門》的內容，接着說：「這七個人物，無論他/她們接受檢察官的盤問還是自白，講的都是維持自己的聲譽、對自己有利的話。到底真相怎樣？沒有人能夠說得準——其意義是：各說一套，真相難明。」

辛文先生的性情耿直，坦誠，他對我說：「如果我沒有看過芥川龍之介的原著小說，我也看不明白黑澤明改編導演的《羅生門》，難怪你看得一頭霧水啊。」

我說：「不知道鄭明明看不看得懂？」

辛文說：「是她推介我看芥川龍之介小說的，她是芥川的粉絲，讚賞他的小說多是傑作，她當然看得懂這部電影。」

2

輪船到達長洲泊碼頭了，水手一放下踏板，就有人先後上岸。是我藉口約辛文和鄭明明來長洲遊玩的，他被我欺騙了都不知道，鄭明明沒有來，他的神情有點失落。我挽着他的手上岸，像戀愛已久的情人。我們沒有目的地，他隨着我走，我是帶頭羊，我去哪裏他就去哪裏。他說他沒有來過長洲，看他的神情動作不是說假話，若然他來過長洲，他會提議去甚麼地方玩、去甚麼地方飲茶，不會像盲人一樣隨着我走，任我擺佈。以前我和親友來過這裏看島民打太平清醮、搶包山，又和鄭明明來遊玩，如今舊地重遊，猶如識途老馬，知道張保仔洞是個狹窄又彎曲的險要海邊石洞，從這邊入去，從那邊出來，不走回頭路。石洞裏面陰暗、彎曲，有些地方岩石頂頭，僅能容身，要彎腰攀石才能往前行。有資料記載，張保仔是清朝時期的海盜頭領，他的出身有傳奇性。他本來是海盜頭領鄭一的手下，鄭一在一次搶劫官船時被官兵打死了。因為張保仔有勇有謀，在鄭一嫂的輔佐下，升他為頭領，他贏得鄭一嫂的歡心，改嫁給他，結為夫婦，總領海盜船，搶劫商船、官船，與清兵對抗，商船的船員聞風喪膽，客商的錢財被他們洗劫不說，有些連性命都不保！他們的船隻愈來愈多，海盜的勢力愈來愈大，他們的船隊人強馬壯，在海上橫行霸道，打劫商船，還有能力對抗朝廷的海軍，是中國南方一支強大的海盜。他們搶劫到商人的金銀珠寶，上岸後就藏在這個海邊石洞中，有武功高強的海盜看守，保存他們的財寶。

但是，我不相信，若然他們把搶劫到的金銀財寶藏在這個石洞中，清廷的官兵來了，封住洞口，或放火煙燻，那些海盜不是無路走，給清軍甕中捉鱉？有人反駁我，說張保仔足智多謀，人強馬壯，海盜眾多，他們有能力在海上搶劫官船，與清軍海戰，他們也有能力守住藏寶的石洞，清軍有本事到達海邊洞口嗎？他這樣反駁我也有道理，我理虧不敢出聲了。

長洲是個小島，沒有公路，沒有車輛行駛，從梅窩碼頭去張保仔洞要走崎嶇不平的山路，走路需要個多小時。今天是星期日，很多遊人進入張保仔洞尋幽探秘，跟當年張保仔的足跡行走一次才算完成長洲遊覽的旅程。以前我和友人入過張保仔洞，石洞上下左右除了石頭甚麼都沒有，進入一次留下來的只是空洞的回憶。所以我沒帶辛文去張保仔洞，向銀礦灣那邊走。銀礦灣有個大沙灘，沙子銀光閃閃，海風吹送，海中碧波蕩漾，男男女女在海邊嬉水、游泳。要是我們帶泳衣來，我們也會下海游泳該多好。游泳的時候，我假裝氣力不繼遇溺，辛文就會救我，那時我就乘機攬着他赤裸光滑的身子，乳房貼着他的胸膛，讓他抱我上岸，表演一場英雄救美人的悲喜劇給別人看，刺激又浪漫，該多好！

我不知道辛文的泳術好不好，要是我真的遇溺，他救不救到我？我們站在海邊看着那些男男女女嬉水、游泳的時候，我說，我喜歡游泳。他也說喜歡，泳術不錯。他說「不錯」，可能是謙詞，若是我假裝遇溺，他必然救我。但是我們都沒有帶泳衣來，不可以下海游泳，只是空想，不能實現我的願望。

鄭明明也喜歡游泳，她有沒有和辛文去海上游泳？她是害羞內向的女子，不會單獨和辛文去游泳吧？她的乳房細小，我的乳房豐滿，臀部也大，她穿着泳衣不及我性感好看，能吸引男子的目光。她的知識學問優勝過我，可以做我的老師，但她的樣貌身材都不如我，辛文會選擇哪樣？鄭明明的思想保守怕羞，見到男子就會面紅，沒有勇氣親近男子。而我大膽豪放，喜歡表現自己，對英俊的男子就拋媚眼，送秋波，不怕他不動心。在這方面，鄭明明不能贏我，我有信心把辛文弄到手、要他跌入我的懷抱中。

我和鄭明明是好朋友，是她介紹辛文給我認識的，好不好撬她的「牆腳」？辛文只是她的男朋友，又不是她丈夫，為甚麼不可以「撬」？情場如戰場，強者才會打勝仗，優勝劣敗是常識，她不會不知道，要怨就怨她介紹辛文給我認識。她太天真善良了，這個弱肉強食、你爭我奪的世界，天真善良的始終贏不到硬心腸不擇手段的。勝者為王，她有甚麼好說？

目前我和辛文都沒有泳衣，不可以下海游泳，我們只好在海灘上面的樹林邊漫步看風景，不知道他是沒有勇氣挽着我的手步行還是他不喜歡我，他在前，我在後若即若離看着他的腰背，他寬肩細腰、步伐沉穩，他走路的姿態吸引着我，他只是默默向前走，似乎是想着別的事，恍惚忘了我的存在。

走着走着，步行到一條露出泥土的樹根旁邊，我心生一計，故意被它絆倒，呀一聲趴在地上。他馬上轉過身來彎腰攙扶我，我苦着臉，說扭傷了腳筋走不動了。他信以為真，問我怎麼辦？我胡亂說度假屋那邊有藥材舖，買藥油搽一下，看看會不會好。他說他攙扶我走。我說，他攙扶也走不動。他說，攙扶都不行，怎麼辦？我說，除非你揹着我走，沒有別的辦法了。

他遲疑着，表情尷尬。我說，你不揹我走，就留我在這裏等死，你走啦！我一激他，他才彎下腰，紮着馬步，背對着我。我爬上他的背上，他的肩背結實、強而有力，我像騎馬一樣騎着他。他兩手向後，抓着我兩條腿，弓着背向前走。我兩手抓着他的肩膊，堅挺的乳房緊緊地貼着他的腰背，我的身子隨着他的步伐晃動，向他的脖頸噴氣，不知道他的感覺怎樣，我就感覺得意、興奮。

途人見辛文揹着我走，都投以疑惑的目光。我不理他們怎樣想，只覺得自己騎在他的腰背上好得意。我的身體頗肥胖，他揹着我走，氣喘吁吁，身體發熱，沁出汗珠。大約走了半個時辰才走到度假村。度假村在梅窩碼頭西邊的山坡上，背山面海，清幽寧靜，只是出租給遊人度假，沒有商店，也沒有藥材舖，哪有藥膏藥油買？可憐的辛文，他不知道我在欺騙他。他說，這裏沒有藥油買，怎麼辦？我說，我的腳踝沒有先前那樣痛了，買不到藥油藥膏也不要緊。他在度假屋前面停下來喘氣，我從他的腰背上滑下來，跌坐地上。我裝模作樣說，我扭傷腳踝走不動，看來今天不能搭船回九龍了，租度假屋住一晚再說。他以為我真的腳痛走不動了，同意租度假屋休息。

度假屋如一個小村莊，十幾幢樓，都是三層高，面積不大，租金不貴，我們在接待處租了一間底層。租屋的時候，先交房租，登記身分證號碼才可以入去住。我們都沒有行李，辛文只有一個小皮包，我一個皮手袋，拿了鎖匙，開門入屋。屋裏有衣櫃、浴室、雙人牀、梳化、椅桌，還有一個煲水的電水壺和茶杯。我在梳化坐下，說我肚餓了，想吃三文治，叫他去那邊的街市買。

辛文被我支開了，屋中只有我一人，無拘無束，馬上入浴室除衣服、胸罩、內褲，爬入浴缸用花灑淋浴。沖完涼，用大毛巾裹着上身，露出肩膀、腿腳，半裸着身子。屋中有空氣調節，關上窗門，拉埋窗簾，屋中就是隱蔽的密室了。我爬上牀躺着，等待辛文回來。

一想起辛文英俊的容貌和強健的身體，慾望的火焰就燃燒着我，等待他的涼水淬煉我。我要俗世讓路，無視他人，撕開甲冑，哪怕被傷得鮮血淋漓也無怨無悔。想得到心愛的男人，必須做個勇敢者，當然要打破世人的成見。真正的愛不一定有好的結局，那是以後的事，誰管得到？眼前擁有最緊要。

大約一句鐘，有人開門入來，我向門口望望，辛文回來了，我已經想好怎樣做，依計行事。我合上眼皮假裝睡熟了。他一入屋就叫我，我沒應他。他走近牀邊，彎下腰在我臉頰上輕輕親吻，我還是不出聲。他以為我真的睡熟了，揭開我身上的大毛巾，我的身體就裸露在他眼前了。我相信他這時一定熱血沸騰了，無法自制他的慾火了。他嗖嗖嗦嗦除衣服，爬上牀，騎在我身上，進入我的下體。他年青力壯，血氣方剛，慾火熊熊，只在我下體出入幾下就完事。我睜開眼皮假裝哭泣，說他趁我睡熟侵犯我，他做出這樣不知恥的事，我不會放過他！

他大驚，說他做的事會負責任。我問他怎樣負責任？他慌亂了，說會同我結婚。這是我最希望的，求之不得。我親吻他，攬着他睡。過了一陣，我的慾火重燃，又要跟他做愛，直到他筋疲力盡了，我也滿足了才停頓。

我攬着他呼呼地睡了很久才起牀，發現牀單有血跡，像牡丹花那樣展開，紅艷奔放。剛才他買回來的火腿三文治和紙盒裝牛奶放在茶几上。我把大毛巾蓋着污跡斑斑的牀單，我們穿上衣服，同他坐在梳化上飲食。性愛的神秘面紗打開了，慾望達到了，我由女孩子變成女人，我的生命開了新篇章。

當日傍晚，我說我的腳踝不痛了，可以走路了。退了房，搭尾班船回到中環，再搭渡海小輪回九龍，各自回家。翌日是星期一，大家都要上班工作。辛文在××報館做事，我在××小學教書。我已經獻身給辛文了，同他在度假屋做了幾次愛，會不會懷孕？我們還未結婚，要是我真的懷孕怎麼辦？

3

從長洲回來，兩個月後，我的月經兩個月沒來了。我忐忑不安，去看家庭醫生檢查，證實我已經懷孕了。我急了，打電話給辛文，把這件事告訴他。他在電話中故作輕鬆說：你有了孩子就把他生下來哩。我氣上心頭，說：要我做未婚媽媽？去你的！

辛文把這件事告訴他的父母，我也告訴我媽。事已至此，幾位老人家都讓我們結婚，說愈快結婚愈好，以免被人家說三道四。我們馬上行動，去婚姻處登記註冊，在官員面前交換戒指訂婚，拿到結婚證書了，擇好日子，去印務所印請柬派給親友。也想請鄭明明來酒樓飲我的新婚喜酒。

我搶去她的男朋友，是情敵，知道她不會來，但人情上，禮貌上都要請她。決定了，我打電話給她，她家的電話接不通。辛文又打，還是接不通。怎麼會這樣？我打電話去電話公司查問，對方答：使用該電話號碼的用戶已經取消電話了。我們都不知道她居在何處，平時只用電話聯絡，她取消了電話，沒辦法找到她。

我跟鄭明明原是好朋友，我搶走她的戀人（辛文）變成情敵，她一氣之下跟我們斷絕聯繫，從此失去她的蹤影，很多年都不知道她的下落，身在何處。說起來，是我對不起她，不應該用卑劣的手段搶去她的戀人。但是我一見到辛文就神魂顛倒，茶飯不思，食不下嚥，沒有他我就活不下去，非把他弄到手不可。事到如今，大家都無法回復舊情了。

在酒樓設婚宴請客舉行了婚禮，我的肚皮一天比一天隆起。我和辛文正式結婚，是合法夫婦。我肚裏的孩子是他的，足月了，把他的孩子生下來好了。我在醫院的產房生孩子時，才知道我肚中的是雙胞胎，生下的是一男一女的「龍鳳胎」。我一下子就是兩個孩子的媽媽，我們都十分高興。高興過後，煩惱隨之而來，辛文在××報館做事，我在××小學教書，兩個孩子只好交給辛文的母親照顧，辛苦了老人家。辛文的父親年老退休了，沒有工資收入，我們要供養他。好在他有一層唐樓給我們居住，解決了住屋問題。講起來真是不幸，辛文的父親無疾而終，不多久他的母親也病亡了。我兩個孩子無人照顧，我和辛文商量取得共識，去僱傭公司請一個菲律賓女傭回來照顧兩個小孩。男孩降生早幾分鐘，是哥哥，取名辛梓，女孩降生遲幾分鐘，是妹妹，取名辛杏。辛梓、辛杏一天天長大，都聰明可愛，到了適齡入學了，送他們去一家名校讀幼稚園。這家名校的學費貴，好處是成績好的學生可直升小學，讀完小學直升中學，這樣「一條龍」的制度，免得以後我們做父母的花時間、花精神為他們選學校開學。辛梓、辛杏都不負我們所望，他們聰明，都用心讀書，學業成績好，年年升級，不必我們做父母的為他們的學業操心。

我知道，辛文對鄭明明不忘舊情，但是她失去蹤影這麼多年，他對她的思念也漸漸冷淡了。只是不知道鄭明明結婚了還是單身過活？她移民去了外國還是仍然在我們這個城市？她還在思念辛文嗎？

辛文升職了，在××報館做副總編輯，加薪了，責任也大了。不過，這樣也好，我們有能力送兩個孩子去英倫讀大學。我的大哥、姐姐早就移民去倫敦定居，他們在那邊做事，生活得很好。辛梓、辛杏大學畢業了，入英國籍，做英國公民，留在倫敦工作，生活也安定了，我們有兩個這樣好的兒女，也安慰、放心了。

4

時光像江河之水滾滾逝去，日復一日、年復一年，我和辛文都五十歲了。他的身體健康，沒甚麼病痛，倒是我的身體出現了問題。小腹愈來愈大，恍惚懷了孕。我已經有了辛梓、辛杏兩個孩子了，不想再生孩子，用子宮環避孕，很有成效，很多年都沒有懷孕。我知道，女人過了中年，脂肪多，少運動，很多女人的腹部都隆起，樣子像懷了胎。但是我都過了生育年齡了，不會再懷胎。在浴室沖涼的時候，我會自己檢查乳房，看看有沒有硬塊，就是忽略了子宮沒有檢查。近來我感覺小腹隱隱作痛，用手按壓，像有硬塊，不知道子宮是不是有腫瘤。

辛文知道這件事，說，不知道身體是否有問題，最好去看醫生檢查。家庭醫生姓伍，他叫護士揭開我的衫尾，他用力按壓，我感覺痛楚。他說我的子宮生瘤的機率高，建議我去醫院照電腦掃描。我依照他的話做，結果確診我的子宮真的生了腫瘤，而且腫瘤很大，必須快些做手術割除。大家都知道，去公立醫院做手術要排期輪候，排到甚麼時候不知道。要快當然要入私家醫院。但是私家醫院的醫療費用非常昂貴。辛文說，錢財身外物，健康、性命要緊。他又說，我早幾日已經在醫院照了電腦掃描，連子宮的腫瘤好大都知道了，不要再猶豫，快些去私家醫院做手術割除，免得病情惡化。

我去學校把我的情況告訴校長，請病假，找別人代替我教的課才入醫院。我們的家庭醫生醫術好，醫德也好，是個操刀做手術的能手。我入聖雅各醫院指定伍醫生為我做割除子宮腫瘤手術。

我依照約定的日期去聖雅各醫院，在病牀上做手術之前做準備功夫（諸如量血壓、量脈搏、做心電圖、照肺、剃陰毛）我躺在病牀上，沒事做，腦子裏想着各種事情。醫生說，我的子宮生了腫瘤，必須把整個子宮割掉。子宮是孕育胎兒的，卵子受精了，成為坯胎，一天天長大，成了胎兒，足月了，他就在子宮裏掙扎撕破胎盤，像蛾蟲破繭而出，離開母體，成為另一個人。子宮孕育胎兒，也孕育腫瘤。腫瘤像珠胎暗結，無聲無息長大，初時沒感覺它的存在，直到它在電腦掃描這把照妖鏡下才現形。懷了胎兒，即將為人母，感覺高興；懷了腫瘤這個怪胎，令人沮喪、恐懼、悲哀、惶惶然不可終日，寢食不安，擔心它會害命。胎兒長大了，是另一個人，他會從母體的子宮爬出來；腫瘤長大了就要醫生操刀開肚把子宮割掉，變成了沒有子宮的女人，女人沒了子宮，就不能懷胎生孩子。女人結婚、生孩子才是完美的女人。生孩子是女人的天職，負起傳宗接代的使命。好在我生了辛梓、辛杏兩個孩子了，有了後代，對辛文有交代了。割掉子宮對他也沒甚麼虧欠了。

當初辛文愛的是鄭明明，不是愛我，但是我十分愛他，用手段把他奪過來，同他結婚，同牀共枕，日夕相對，加上我愛護他，照顧他，日子久了，他也對我發生感情，由情生愛，他也關心我了。如今我躺在醫院的病牀上，快將要推入手術室開肚割除子宮了，他從報館匆匆趕來醫院看我，想知道我的手術做得怎樣、順不順利。他來早了，我還未推入手術室，他在病牀邊為我打氣壯膽，說切開肚皮割子宮是小手術，伍醫生是操刀高手，一定做得好，不用怕。他又說，如今醫學倡明，有人鋸開頭骨做腦手術，有人開膛破肚割除肝臟，再換上別人捐出的屍肝，都能成功延續生命，而我的子宮只是割除，有甚麼可怕。

我說我不怕，叫他回去做他的工作，不必在這裏陪伴我。他說，今天晚上要做的只是寫一篇「社評」，已經寫好交給排版部門了，他要留下來為我壯膽。

辛文是個大情大性的人，甚麼事情都看得開，放得下，是死都不怕的硬漢子，而今怎麼變得這樣婆婆媽媽對我說安慰話？我好感動，不禁流下熱淚。他說，你都哭了，還說不怕？我說他從沒對我這樣好，才感動到落淚。他說：你是我老婆，應該對你好。

這時有員工來到我的病牀前，扶我過活動牀，在我頭上戴上一頂藍色軟膠帽子，推我出病房，過通道，入電梯，去底層的手術室。辛文一路跟在活動牀後面，到了手術室門前才停步。手術室的木門一關上就把我們隔開了。我不知道他回去了還是在手術室門前等待？若是他在門外等待，要等待多久？他會耐心等我做完手術嗎？

我仰臥在手術牀上，麻醉師給我打麻醉針，說：你睡一陣，醒來就做好了。天花板上嵌着一盞多頭電燈，燈光白亮，有點耀眼。為我操刀做手術的伍醫生，頭戴藍色帽子，身穿保護袍，他對我點點頭，我恍惚看到一顆流星滑過夜空……

甦醒了，我的腦子恢復活動了，會思想，知道自己失去了子宮，肚皮上會留下一條像蜈蚣模樣的疤痕，疤痕裏面的腸臟怎樣了？血肉模糊？割除子宮的傷口接駁得好不好？子宮的癌細胞在醫生的手術刀下連根拔起、沒有回頭路？還有癌細胞變成漏網之魚、走到體內別的器官躲藏起來俟機反噬我？癌這個怪物令人恐懼，好多人都被它奪去性命，我會不會被它折磨到痛苦而死？

伍醫生第二天來病牀邊看我。我問他，我的病情怎樣？他說，已經割了我子宮的腫瘤組織去化驗了，布告出來證實是惡性腫瘤，癌細胞活躍，等傷口生好了，再要接受放射治療。他又說，要化療、電療的療程時間比較長，要轉介我去公立醫院化療、電療。

我說：「這間醫院沒有放射治療嗎？」

他說：「放射治療每天都要做一次，這間是私家醫院，每次都要付錢，費用昂貴不說，院方不會保留病人的病歷資料。而港島的瑪麗醫院、沙田的威爾斯親王醫院有癌症部門，不必付錢，又長久保留病人的病歷，長期跟進，以後都要覆診，依照專科醫生的判症治療。」

如此說來，私家醫院為人治病只為錢，病人的病好不好不在考慮之內，病人每次付清款項就不理你，以後佢死或活就與他們無關了。

伍醫生寫文件轉介我去沙田區的威爾斯親王醫院治病。

出院回家休息。我肚皮的傷口生好了，去伍醫生的醫務所拆線，拆了線，留下一道長長的疤痕。行動沒有問題了，拿着伍醫生的轉介信和化驗報告，和菲律賓女傭去威爾斯親王醫院見專科醫生。

女傭叫羅娜，她二十多歲來我家打工，我兩個兒女是她湊大的，他們已經去英國讀完大學，畢業後去社會做事了。她在我家做工將近三十年，青春歲月都奉獻給我們了，是個忠於主人的好女傭。她有大學學歷，曾經在她本國教過書，但是在菲律賓教書的工資不及在香港做女傭高，又可以在繁榮自由的大都市生活，她寧可在我城做家庭傭工。她的英語不錯，能讀能寫，又學會廣東話，我兩個兒女都是她湊大的，小時候跟她講英語，辛梓、辛杏自小就英語流利，他們讀小學、中學時，英文課程都很好。

羅娜是我們的好幫手，我支付她政府規定的工資，還額外給她一些錢作獎賞。她回菲律賓和親人團聚時，我又買禮物給她帶回去，當我給她作回報，賓主皆歡。如今我生病了，她不辭勞苦照顧我，煲湯水給我飲，陪我去醫院看醫生治病。

威爾斯親王醫院在沙田，我沒去過，不知道搭幾號巴士去，只好落樓下馬路搭的士去。的士司機熟悉街道，駕着的士在九龍市區穿街過巷，然後駛入大老山隧道呼呼行駛，出了隧口，再轉彎抹角了一陣就到達威爾斯親王醫院了。

威爾斯親王醫院是以英國王子查理斯命名，啟用多年了，因為是公立的，看病、住院的病人只須付少少象徵式的費用就可以了，所以病人非常多，要排隊輪候看病。

醫院的面積很大，幾幢大樓構成，裏面人來人往，穿梭行走，仿如大商場。我頭一次到來，不知道何去何從。去詢問處問姑娘，她雖然回答了，又轉彎抹角，搭電梯上樓向別人查問，才找到要去的地點。

在登記處排隊掛了號，交上我的轉介文件、化驗報告，入候診處等待叫名。候診處是個大廳，一排排椅子坐滿了人，他們之中有病人，也有陪伴病人來的，聽到叫自己的姓名才去某號診症室門前等待，姑娘開門出來再叫才入去就診。

坐在候診大廳個多小時還未叫我的姓名，我緊張起來，以為沒聽見錯過了，走去問護士。她說，還未輪到我，坐着等，不要急。她是個年輕護士，可能不明白病人的心理，她在這裏工作，等換班回家，她不急病人急。我還未見到專科醫生，不知道自己的病情怎樣，怎能不急？

坐下來，羅娜叫我繼續看書，若是叫我的姓名了，她會提醒我。我拿着書本，心緒不寧，眼下的文字仿如螞蟻爬行，淺白的文章都看不入腦。護士叫別人的姓名，似乎在叫我，抬頭望望，有人看完醫生離去，又有人入來，坐在候診大廳的人數沒有減少。怎麼咁多人生病？他們是大病還是小病？都是癌病嗎？如果是，就不是癌魔偏偏選中我，有這麼多人伴我同行，並不孤單……

護士叫我的姓名了，我合上書本，站起來回應，去××號診症室。叩門的時候，門上的白色牌子寫着值班醫生的姓名。推門入去，醫生讓我坐。他看看枱上的電腦熒幕，查看我的病歷資料，問我的姓名核對無誤了，才開始看病。

護士過來拉起我的衫尾，醫生低頭看看，用手摸摸，說我肚皮傷口的皮肉生埋了，康復得好好。但是我肚皮裏面割除子宮的傷口生得好不好？他看不見。我不好明知故問，只問他：我體內有沒有潛伏的癌細胞。他看看我交上的化驗報告，沉吟着，說我需要化療。我不曉得怎樣做是化療。他說，有一種藥水打入身體的血管中，會殺死癌細胞。

醫生這樣說，等如我子宮的癌細胞已經擴散到別的器官了。我子宮中的毒瘤連子宮都割除了，還有潛逃的癌細胞躲藏在身體裏。我問，打這種化療藥物要打多少次？他說，三四次，而且這種化療藥非常昂貴，要病人出錢購買。

非常昂貴？一般多少錢？我有能力購買嗎？若是用了它能夠治得好我的癌病，傾家蕩產也要購買，性命比錢財緊要。

醫生說了化療藥的價格，我有能力負擔，才鬆了一口氣。我說，他是醫生，我是病人，他要我怎樣做我都願意。他說，既然我願意出錢買藥做化療，要住在醫院做。不過，做了化療，病人會很疲倦，舉手動腳都感覺乏力，可能會脫髮，會消瘦——要有心理準備。

第二日，依照約定時間，羅娜陪我到達威爾斯親王醫院辦手續入住病房。公立醫院的病房，大的病房十幾張病牀，牀位與牀位之間只一塊布簾相隔，拉開布簾可以見到鄰牀的病友，大家談話。有需要時才拉埋布簾，讓醫生檢查身體，讓護士打針或更衣。我好彩編排靠窗口的牀位，窗明几淨，能看見天空雲捲雲舒，能看見街上的車輛行駛、行人走動，這個牀位我十分滿意。

住下了，護士來到我的病牀邊，為我度血壓、量脈搏，然後在我手上插入針筒，吊化療藥水入血管。注完膠瓶中的化療藥水需要兩個多小時，注完了才出院回家休息，幾日之後再去醫院。我的化療療程需要四次，隔幾天來威爾斯親王醫院一次，前後十幾天才化療完畢。

我住的是女病房，裏面幾個病友都要化療。有人患乳癌，有人患腸癌，我患子宮癌。無論甚麼器官患癌病，做了割除手術又要接受化療的，都是重症。病友中，有的年紀老大，有的三四十歲，有的更加年青。大家都不知道自己的癌病治得好治不好，可以活多久？這個問題，莫說病人自己不知道，主治醫生也答不上。大家都互相勉勵，積極樂觀面對癌魔，會打贏這場仗。能不能打贏這場仗，誰知道？

有人割除子宮又化療，活到八九十歲還健在，有人過不了幾年癌病又復發，陻醫不治，一命嗚呼，要看各人的造化。

身體健康的人會說「生命不在乎長短，在乎活得光輝燦爛」。真是這樣？讀中國歷史的人都知道，秦始皇統治沃野千里的秦地人民，但是他還是不滿足，先後滅了六國，一統江山，統治全中國人民，坐在皇帝寶座上，文武百官跪在宮殿上向他叩頭，山呼萬歲。他又去泰山頂上封禪直達天廷，他的人生夠光輝燦爛了吧？死而無憾了吧？但是他渴望長生不老，派徐福帶領三千童男童女東渡扶桑取「不死藥」回來給他食，想與天地共存。但是他只做了十二年的「始皇」就駕崩了，留下千古暴君的罵名。

我們這些凡夫俗婦的人生卑微低賤，沒有光輝燦爛可言，但是誰不想自己長命一些？我們患了癌症，做手術割除了腫瘤又接受化療，千方百計治病，只是想存活世上多些年月。有病人留戀人生；有病人心願未了；有病人的兒女年幼放心不下；有病人即將退休想去環遊世界增廣見聞，都不想死。

我隔鄰病牀的林阿珍，她體內的腫瘤是惡性的，子宮、輸卵管都割掉了。她結婚幾年了，很想生孩子。頭一次懷孕兩個多月就流產了，再次懷孕食安胎補品也流產，生下來的是一攤像棉絮的血塊，第三次懷胎肚皮微微隆起，走路、工作時很小心，不敢食安胎寶藥了。她用手按壓腹部時，感覺痛楚，去看醫生，照電腦掃描，才知道懷上的不是胎兒，是子宮生了腫瘤，而且腫瘤很大，像懷胎一樣脹起肚皮。醫生說，必須快些入醫院做手術割除，結果腫瘤、子宮、輸卵管都一起割掉了。女人沒了子宮不能懷胎生孩子已經夠悲哀了，還要被別人輕視，譏為不生蛋的母雞。

林阿珍嘆着氣說，她的丈夫三代單傳，人丁單薄，她沒了子宮不能懷胎生孩子，她的丈夫此後就斷子絕孫了，非常不高興，暗示想跟她離婚。男人離了婚可以再娶，她怎麼辦？她非常羨慕我，說我有兒有女，子女都長大成人大學畢業了才患子宮腫瘤，我的丈夫不會嫌棄我，長相廝守到老死。我說，但願如此。

我再次來到威爾斯親王醫院化療，林阿珍的化療療程已經完畢，不必來了。她的牀位被另一個女病人取代。因為是我鄰牀，拉開中間的布簾，彼此就沒有私隱了。她比林阿珍更年輕，看樣子不過二十五六歲，她的面孔漂亮，神情憂愁，似乎滿懷心事。我對她說，患我們這種病的，要積極樂觀面對癌魔才可以康復。她說，康不康復無所謂。我說，你還年青，不要太心灰，治好病了，還有好日子過。她說，難囉！

她年紀輕輕為甚麼如此心灰意冷？神情像歷盡滄桑的老婦人，她有甚麼難言之隱？

再談下去，我才知道她的名字叫寶兒。三個月前做手術割除一隻乳房，發現乳房生腫瘤之前，她和她的男朋友戀愛多時，已經談婚論嫁了。她一切去一隻乳房，她的男朋友就打退堂鼓，不肯同她結婚，離棄她，她失戀痛苦，心灰意冷，對人生失去信心。

我為她的遭遇嘆息，說：「像他這樣沒有同情心的男子，你一生病就不要你，好在你還未嫁給他，若是成為他的太太，以後他也不會真心對你好。既然這樣，倒不如趁早結識別的男子……」

寶兒不以為然，冷冷地說：「要我再找別的男子？你不是講笑吧？同他拍拖（戀愛）之前，要不要對他講出我割掉了一隻乳房？」

她幾個問號難倒我了，我頓時語塞，不知道怎樣回答她。

她跟那位剛認識的男子講出自己沒了一隻乳房？就算她有勇氣講出來，那位男子怎麼想？先瞞着他跟他「拍拖」再說？到了那時他聽了會不會拂袖離她而去？若是這樣，她的心靈不是再次遭受更大的傷害？她受得起這樣大的打擊嗎？

這時我身邊活動架上注入血管的化療藥水滴完了，護士入來拔去我手背上的針管，拿藥棉膠布封好針孔口，說我做了四次化療，療程完了，可以出院回家了。我無法解答寶兒的問題，甚為愧疚。她見我要出院了，有點傷感。她寫她家的電話號碼給我，叫我有空閒時打電話給她，大家做朋友。

化療療程完畢，我感覺十分疲累，食慾不振，有時候躺在牀上休息想心事，有時候坐在廳子的梳化上看電視節目打發時間。我肚皮上像蜈蚣模樣的長長疤痕，有衣裙掩蓋，別人看不到，但是頭髮脫落，稀疏到像老太婆，人家一看就知道我是患重病的婦人。外出的時候，我用一條有暗花的絲巾包着頭掩人耳目，自己的心裏才好過一點。

我知道，辛文不是真心愛我，但是我們做夫妻已經三十年了，結婚第二年我就為他生了辛梓、辛杏兩個兒女，教養他們，正所謂沒有功勞也有苦勞。如今我生病了，他對我雖然不夠溫柔體貼，也不是對我不好，我也知足了。辛梓、辛杏遠在英倫，他兄妹兩人知道我患重病，都放下那邊的事務回來看我，安慰我。還說，如果在香港醫不好，就去倫敦他們家裏住下，找好的醫生治療。我是他們的媽媽，時時都想念着他們，因為我要照顧他們的爸爸，放心不下，才沒有去他們那邊長住，有事的時候，才打長途電話同他們傾訴，互相安慰。

5

辛文在他們的報館有很多工作要做，忙得很。我出入醫院治病都是女傭羅娜接送我、照顧我。化療兩個多月後又去威爾斯親王醫院覆診看報告。見醫生的時候，他說我的化療結果不理想。「不理想」，意味着我接受了化療後身體的癌細胞未完全趕盡殺絕，還有後患。我非常沮喪，問他以後怎麼辦？

醫生說，下一步需要電療。電療？我不懂電療是甚麼意思。

醫生解釋：平時大家都說「電療」，正確的叫法是「放射治療」，由醫療機器發出強力的輻射能量，電磁線射入病人的身體破壞細胞的染色體，令細胞停止生長，從而消滅它們的快速分裂、生長的癌細胞……電療時要視乎癌細胞的擴散速度，若是到了第三、四期，就要配合標靶藥進一步化療……不過，標靶藥很昂貴，公立醫院不會免費供給，要病人自己出錢，院方代病人訂購。

為了治好病，我說，我願意出錢訂購。

這位醫生的樣貌有少少似西洋人，粵語字正腔圓，他耐心詳細向我解釋，但是我聽得一頭霧水，不知所云。既然聽不懂，我就不想聽下去，免得他白費唇舌。以前我看過不少醫生，他們大都態度嚴肅，不會多講，看看我的病歷表，略為問一下病情就開藥單給我，叫我去配藥處領了藥走人。

我的化療療程完了，如今我要接受放射治療，想來是用機器電死我身體裏面的癌細胞。我問他，我需要電療多少次？他說，癌症病人一般要電療二、三十次——看病情輕重而定，而我必須電療三十次。我問他何時開始電療？他說，由下個星期一開始。他沒有給我開樂單，只叫護士給我一張淺黃色的硬紙咭，叫我依照硬紙咭上的日期時間來放射治療部門讓護理人員安排就可以了。

三天後，我依時到達威爾斯親王醫院，去詢問處查問，才知道放射治療部門在醫療大樓地庫。踏着梯級落地庫，在登記處交上我的病歷文件，坐在大廳的椅上等候。等候的有男有女，有老年人也有年輕人，還有需要坐輪椅的。我生病，行動沒有困難，會走路。有人卻像貨物一樣被人推來推去，比我更不幸。

在大廳等候的人都是陌生面孔，有的是頭一次來電療，有的電療很多次了。有的女人像我一樣，初時是化療，而今又要電療。有的女人跟我一樣甩了頭髮，頭上戴着帽子或包着絲巾作掩飾。

女人都渴望有一頭秀髮，走路時隨着步伐飄動，吸引男人的目光。女人看破紅塵才削髮為尼，芒鞋道袍，光着頭皮示人。武媚娘（武則天）曾經入庵堂削髮為尼，但是她不是看破紅塵，是另有政治圖謀，她原來是唐太宗李世民的妃子，李世民的兒子李治年輕時在皇宮中走動，被武媚娘的美艷所吸引，兩人眉來眼去，已經愛上了。唐太宗駕崩，傳位給太子李治（唐高宗）。李治已經有皇后了，他對武則天念念不忘，入庵堂接她出來在宮中做皇妃，李治這樣的「曲線」做法，以免被世人譏為兒子娶老子的小老婆搞亂倫。武則天年輕，她的頭髮很快就長長了，梳辮紮髻，艷壓群妃，甚得唐高宗的寵幸，不多久就用計謀手段取皇后而代之，最終奪取李唐的江山，自已做中國歷史上唯一的女皇帝……

「司徒珊！」有人叫我的姓名了，我從沉思中驚醒，站起來回應，以為他叫我去電療。但是他叫我去那邊的房子，說要為我造模型。造甚麼模型？為我鑄塑銅像？我只是芸芸眾生的普通女人，發夢也沒有資格塑造銅像。

進入房間，一男一女在工作，後面的牆邊地上，有石膏頭像，滿地都是石膏粉，似是製造石膏工場。我好奇地看看，他們做石膏頭像甚麼用途？我是不是要做這種頭像？

他們把一張灰暗的厚纖維紙放在矮牀上，扶我上去仰臥着，兩人一個在左一個在右，靠近我身邊擺動幾下，校好位置了，叫我躺着不要轉動。過了十多分鐘，他說做好了，扶我落牀，我轉頭看看，那張纖維厚紙變成我背脊的模型。他說，我的模型做好了，可以走了。

第二日，我依時到達醫院地庫的放射治療部門，在登記處交上我的電療硬紙咭，姑娘叫我去後面的更衣室，換上醫院的紫色罩袍，回二號放射治療室門外坐在椅子等待。

地庫三個放射治療室，按病人的病情輕重分配。三號室門外有病人坐在輪椅上，有病人躺臥輪子牀上，看來他們都是重症。我被分配在二號放療室，我的癌病不輕也不重吧？

很多人坐着等待。男人有的電療胸部，有的電療腹部，女人有的電療乳房部位，有的電療腹部。接受電療的男人女人，有的是頭一次電療，戲稱為「新生」，有的最後一次電療，戲稱「畢業生」，猶如學校，舊生畢業離去，新人入來就讀，我是頭一次來接受電療，是「新生」。記得年輕入讀中學時，由小學升讀到中學，學校的環境不同，老師、校長是新面孔，同學是新面孔，人與事都陌生，新奇又膽怯。高年級的同學，她們是師姐，我是小師妹，見了她們都敬畏。她們都比我高大，挺着小小的胸脯，有了月經，視我為小女孩，「未夠班」與她們為伍。如廁的時候，遇到她們閃閃縮縮，不敢看她們。如今我都上年紀了，早已為人妻、為人母、為人師，又要做一回「新生」，是反老還童還是患癌病的悲哀？

在二號放射治療室門前等待了三四十分鐘，叫到我的姓名，我馬上站起回應。醫護問我的姓名、身分證號碼，我報上了，他拿文件核對無誤，才讓我入去。電療室裏，後牆邊立着一座高大的機器，機器前面一張活動牀，醫護一男一女，都戴着口罩，身披白袍。他從牆邊的木架上拿我前日做好的腰背模型放在活動牀上，扶我仰臥在纖維模型中，校好位置，解開我身上的罩袍，用紅、藍顏色筆在我的肚皮上面畫線條做記號，囑咐我電療時不可活動。他們把我躺着的活動牀推到電療機器前面，轉身離開電療室，去後面的控制室開電源、看熒幕上的影像。

我一個人靜靜地仰臥在活動牀上，能見到機器頂上有個熒幕，左右兩邊是一大一小的「頭顱」，機器是電腦操作，它的大小「頭顱」輪流伸到我的肚皮上，發出無影無蹤的強力輻射線，穿越皮肉，向潛伏在身體內的癌細胞掃射攻擊。我在疑惑，為甚麼沒一次過掃射擊斃它們，要分三十次？是不是它們的生命力太強一次過殺不死？據醫生說，人的身體都是正常的好細胞，惡性腫瘤才是壞細胞，放射電療不是像投原子彈那樣殺死敵軍也殺死平民百姓，所以超強力的輻射線目標，只是對準癌細胞，不能亂槍掃射殃及好的細胞。

科學家的頭腦真是絕頂聰明，他們能製造出殺死癌細胞的醫療機器，也能做到避免殺死好細胞的方法。放療的時候，我的身體、手腳都不可以活動，思想可以馳騁，眼睛可以活動，能看到機器頂上的熒幕，但是熒幕沒有影像，一片空白，不知道它有甚麼用途。

我在想着各種問題，放射治療室因為有輻射，醫護人員都去外面了，若然我這時發生甚麼事怎麼辦？忍不住咳嗽身體動盪，會不會影響放療？

大約二十分鐘，機器兩邊的大小「頭顱」停頓運作，離開我的腹部位置，回到它們原來的地方了。兩位醫護走入來，扶我起身，說今次電療完了，交還我電療記錄硬紙咭，按照紙咭上的日期、時間再來，可以換衫回家了。

從更衣室換了衫出來，寶兒迎面而來，她說，她也是來電療的，她提早來到，有時間和我談談。我口渴，去大廳的熱水機斟水飲，飲了水，大家坐在梳化上。看看寶兒的面孔，她的神態頗開朗，不像以前那樣愁眉苦臉了。可是我還是同情她，開解她：「你還年青，別的事情不要多想，先保養好身子，身體健康了，姻緣到了，自然會遇上同情你、愛你的男子……」

她說：「司徒姐，多謝你安慰我、鼓勵我。你也要保重，你有個幸福的家庭，以後會有好日子過……」

我說：「如果我的病醫得好，或許日子會好過……」

她說：「你有個家庭，有人愛護你真好……」

我說：「女人都想嫁個好丈夫，生兒育女，有個幸福的家庭。」

她說：「以前我也是這樣想，自從我切了一隻乳房，他即刻就離棄我，同別的女人好。我病了大半年，也想了大半年，想通了，人都是口不對心，當初他都口口聲聲說愛我，至死不變，我一切了一隻乳房他的心就變。」

我說：「不是個個男人都是這樣，也有好心的。」

她說：「可能你先生是好心人，生死不渝愛護你。」

我不便對寶兒說出我年青時的卑劣事情，令她對人失去信心。她講得不錯，世上的人多數都是心不對心，不可相信他一面之詞。《羅生門》是電影，是虛構故事，片中幾個角色都是為自己的面子、利益說話，不知道誰是誰非。現實人生更複雜，你說你有理，我說我正確，沒有人搞得清楚，清官也難判得公平公正。

寶兒說，她病了之後想過很多問題，思索人生。她童年時就入電視台做演員，多年來演過各種角色，揣摸人物的內心世界，對人生有體會，真是戲如人生。她的戀人因她生癌切了一隻乳房就離棄她另結新歡，這件事加深她對世人的理解。她是佛教徒，在家也念佛經拜觀音菩薩。她決定離開娛樂圈，癌病若能治癒，就入大嶼山淨院削髮為尼。

她化療後沒有脫髮，頭髮又黑又密，秀髮披肩。好好的頭髮剃光了就六根清淨、沒有煩惱了？那麼，有的女人在庵堂中做了很多年尼姑又還俗，再過塵世的生活？

我說：「入淨院削髮易，出淨院就難，你要想清楚。」

她說：「我又不是一時衝動，是深思熟慮才決定。」

我說：「菩薩會保佑你，你的病會醫得好。病好了再作決定吧。」

6

我接受三十次放射治療，每次的電療過程差不多，沒甚麼特別。只是電療之後感覺容易疲倦，胃口不好，口乾，要飲水。羅娜說，飲水沒有營養，她天天煲肉湯、魚湯給我飲。

到了最後一次電療，我們十幾個病人坐在二號放射治療室門外等待了很久，都沒有人叫名。往日，大約三四十分鐘就有病人出來有人入去，不會這麼久。我們都不知道甚麼原因會如此，正在疑惑，姑娘走來對我們說：放療機器發生故障，技師正在修理。

沒有辦法，只能等待。等待焦慮又無聊。我去大廳的熱水機斟水飲，有個女人從外面入來，我看看她，有點面熟，恍惚在甚麼地方見過面，她雖然上了年紀，面部輪廓和她年輕時沒太大改變，心想，她不是鄭明明是誰？我一怔，當不認識她？大方一點招呼她？她走近我面前了，沒時間多想，馬上站起來對她說：「鄭明明，你好！想不到在這裏見到你！」

她望望我，遲疑一下，說：「你是司徒珊？我亦想不到在這裏見到你！」

我讓她在我旁邊的椅子上坐下，我坐回原位，一時不知道說甚麼好。彼此失去聯絡三十年，如今再相遇，怎好不說話？我這樣說：「我早就想向你賠罪，我對不起你。」

想不到她這樣說：「你是勝利者，恭喜你！」

她的語氣倖倖然，顯然是心懷介蒂，不肯原諒我。我說：「當初我不應該這樣做……」

她說：「你都做了，事情過了幾十年，沒甚麼好說了。」

我說：「你我原是好朋友，我一直都在想念你。辛文也在報紙上登尋人廣告，也沒有你的消息，如今在這裏見到你，以前的事對你講清楚好些……」

她說：「你不講我都清楚，是你用不正常的手段得到辛文的。告訴你，他喜歡的是我，不是你，你得到的只是他的身體，得不到他的心，他根本不愛你！」

卷二

哀歌

1

世事難料，想不到去醫院治病時再遇到她！她在放射治療室門前等待，不用說，她也是患癌病才需要接受電療。我患的是乳癌，她呢？難道也是乳癌？我的左乳生了毒腫瘤切除了，恐怕還有癌細胞成為漏網之魚才需要接受放射治療。不過，人體內別的器官生了毒腫瘤也要接受電療，怎知道她哪個部位患癌？她是怎樣發覺她生癌？

有專科醫生在報刊上發表文章，說女人可以檢查自己的乳房，方法簡單易學：平時除衫沖涼時，用手撫摸、按壓自己的乳房有沒有硬塊（不是每次換衫沖涼都要檢查，偶然為之就可以了）若是感覺自己的乳房有硬塊，也不要驚慌，最好快些去求醫，聽醫生的意見做。

我就是在沖涼時用手按壓乳房，感覺有硬塊的。翌日早上就去看家庭醫生，他為我檢查，又抽我的乳房組織去化驗。第二日化驗報告出來了，確診我的左乳生了腫瘤，是惡性的，必須做手術割除。

割除？女孩子十多歲發育才有乳房，初時是細小的，隨着年齡的增長而圓大。女人有豐滿的乳房身材才好看，是造物主賜與女人的恩物，一旦割除沒有了，即使有億萬財富也無法補救了。曾經有過這樣的事例：有一名女子被庸醫誤判，一聽到自己的乳房有癌腫瘤就驚慌失措，信以為真，讓她去醫院做手術切除，才拿乳房組織去化驗，原來不是癌腫瘤，無端失去一隻堅挺完美的乳房！

乳房是女人自珍自重的性器官，細小一點也感覺自卑，何況切除沒了乳房了？！有些女人想自己的乳房圓大一點，豐胸好看吸引男人的目光，拿錢去做手術隆胸。「女為悅己者容」，她想男人喜歡看自己，才在自己的面孔敷粉、塗脂、描眉，化妝扮靚。敷粉、塗脂、描眉是尋常事，失去脂粉了可以再補妝。而做手術隆胸就有危險，弄得不好，可能搞壞自己的乳房。世上往往有人「要靚唔要命」，拿自己的乳房去賭博，值得冒這樣的風險嗎？

炎炎夏日，我去公眾泳池游泳，游泳完了，要去女浴室搽梘液淋浴。淋浴的時候，大家一字排開，都赤條條，有上了年紀的婦人，有年輕女子，對比別人，我的乳房是細小一點，胸前並不「偉大」，但是我絕對不會拿錢去做手術隆胸，拿自己的乳房開玩笑。

我的左乳確診生了毒瘤，為了保命，我必須讓醫生在我左乳動手術刀，連細小的乳房也保不住。人家貪靚做手術隆胸弄壞了乳房，是咎由自取，怨不得人。我失去乳房是命運的嘲弄，沒有人害我，是癌魔害我！

早幾個月在家中的浴室沖涼時，我依照醫學刊物文章教導的方法，用手指按壓自己的乳房，感覺左乳有硬塊，翌日早上去求醫。醫生問我幾時發覺的？我說，昨天晚上沖涼時才發覺。醫生說，乳房有硬塊不一定是生腫瘤，汗爾蒙分泌過多也有這種現象。他建議我兩星期後再按壓，看看有沒有消失，若是消失了，就是汗爾蒙分泌過多影響的，不是病，沒有事，可以放心工作生活。若然兩星期後仍然有硬塊再來進一步檢查。

我當然想這個不速之客消失，但是有些事情無法想得到，有誰不想自己中六合彩大獎？去馬會投注站買獎券的時候，希望自己中獎，中了頭獎，去馬會拿到支票存入自己的銀行賬戶中，有了這筆橫財，買房子，結婚，新屋新婚，雙喜臨門，太好了。但是攪珠開獎了，自己又落空，白日夢碎，希望下一期中大獎——人生就在希望與失望之中交替輪迴，歲月在無聲中流逝。

那天從醫務所回來，記掛着左邊的乳房，晚上在家中的浴室沖涼時，都用手指按壓，硬塊依然存在。也許太焦慮了，醫生不是叫我兩星期後再按壓嗎？我焦慮到耐不住了，提早按壓，硬塊仍然在乳房躲着不出奇。兩個星期太長了，真是度日如年。十多天後再次用手指按壓，乳房的硬塊還是不走，頑強不動如山。我的家庭醫生醫術好，醫德也好，判症力強，再去他的醫務所仰臥在病牀上讓他檢查，他說，我左乳的硬塊仍在，明顯不是汗爾蒙分泌過多影響所致。他用儀器插入我的乳房抽腫瘤的組織去化驗。第二天化驗結果的報告送到他手上，他即刻打電話給我，說是癌腫瘤，問我同不同意做切除乳房手術。

惡性腫瘤不切除，癌細胞就惡性大發，仿如敵軍攻城略地，擴散到身體別的部位就更加危險。為了保命怎會不同意割除？我決定了，他即刻打電話去聖雅各醫院訂下手術室，時間是明天下午二時，他囑咐我今天午夜後不可以再進食——做手術要空肚。

我的父母年紀老大，早幾年先後病亡了，哥哥嫂嫂一家早已移民去了美國開餐館，如今只有妹妹和妹夫在香港。她在××報館做娛樂版記者，認識總編輯辛文先生。妹妹（鄭明訓）將我明天要去聖雅各醫院做手術切除乳房的事告訴他。

辛文說：「如果我知道你是鄭明明的妹妹，我早就要你帶我去見她哩。」

妹妹說：「你、你太太司徒珊、我姐姐三人的關係像一籃亂紗，理不清。我姐為避免再糾纏，才和你們斷絕聯繫。那是以前的事了，都過了這麼多年，大家都年過半百，如今我姐又患癌病，我才將這件事告訴你。」

辛文嘆着氣說：「不知道你姐願不願再見我，若是她不願意再見我，你就告訴她，我雖然和司徒珊結婚三十年了，我心中只有她。」

妹妹說：「你的心事我姐知道，她至今不嫁別人就是為了你。」

辛文說：「講起來是我連累了她，我欠你姐的感情債，今生還不了，要到下一世才能還給她哩。」

我聽了妹妹轉述她和辛文上面的對話，藏在心中三十年的愛與恨頓時減退。心想，我對辛文的誤解未免太深了，因為誤解，才對他避而不見三十年，而他一直對我念念不忘。要不是妹妹把他的心事告訴我，以後我都不想再見他。

我的身體一直都很健康，行得走得，不必別人照顧，做甚麼事都獨來獨往，不想麻煩別人。妹妹和我是同一父母所生，食媽媽的奶汁長大，是我的至親，彼此的感情很好。但是她有丈夫，她有她的工作要做。我對她說，我自己去醫院沒有問題，叫她放心，有需要時我才打電話給她。

第二天早上，把毛巾、牙刷、牙膏、毛衣、眼鏡、錢包、書本放入布袋中，掛在肩膊上，離家落樓，像行山遠足一樣輕裝上路。我沒有結婚，沒有家累，一個人居住一套房子，自由自在，有假期就去旅行，有時候去外國，有時候去大陸，走南闖北，增廣見聞。現時去醫院做手術，也是一種人生歷練和見聞。

到達聖雅各醫院，在大堂辦入院手續、交按金，拿了收條，女工帶我搭電梯上樓的病房，讓我在其中的一個牀位住下。住幾個牀位的大病房，價錢便宜，也有病友談話，不會太孤獨。大病房好幾個牀位，中間是通道，兩邊的牀位用粉紅色的布簾相隔，布簾可拉開拉埋，拉開了外面的人與事都看得清清楚楚，拉埋了是自己的「獨立王國」。廁所、浴室共用，誰有需要就使用。近窗口的牆邊掛着電視機，病友可以坐梳化上看新聞報道，看電視劇，消愁解悶。

我剛住下，護士來到我的病牀邊，為我量體溫，度血壓，抽血，取尿液去化驗。又有護士來剃我的腋毛。我說，我的腋毛短而少，可不可以不剃？她說不剃不行，醫生會責怪她失職。她又說，有些產婦要求不剃陰毛，你想，生BB、開肚做手術，不剃陰毛怎麼行？

我沒有生過孩子，沒有開過肚做手術，不知道這些事，她解開我上身醫院供給的罩袍，叫我舉起手，讓她剃腋毛。她的手勢熟練，拿着鬚刨，剃完左邊剃右邊。我問她剃不剃男人的陰毛。她說，做護士的，當然要剃男人的陰毛，有時候一天剃幾個，見慣亦平常，不當一回事，不像那些年輕女子大驚小怪。

做手術之前，我只可以喝一小杯水，不可以吃東西。看看牆壁上的時鐘，距離手術還有五個多小時，從布袋拿出一本書，是賈西亞•馬奎斯寫的《愛在瘟疫蔓延時》，這本書以前看過一次，留下好的印象，而今重讀，還有興趣。馬奎斯是南美洲人，他用魔幻現實的手法寫的《百年孤寂》，贏得一九八二年度的諾貝爾文學獎，享譽全球，讀者無數。

有人說，諾貝爾文學獎是「死亡之吻」，獲得這個世界最高文學獎後就寫不出好的作品了。美國的海明威，憑《老人與海》獲得一九五四年的諾貝爾文學獎，他恐怕再也寫不出好的作品了，六十歲時在家門口吞槍自殺；日本的川端康成獲得諾貝爾文學獎後，服毒結束自己的生命。而馬奎斯獲得諾貝爾文學獎後，仍能寫出《愛在瘟疫蔓延時》這樣的好作品。這部長篇小說，內容是兩男一女逾半世紀的三角戀愛，從而帶出南美洲逾半世紀的瘟疫和內戰，反映南美洲人民的生活面貌。

南美洲蔓延半世紀的疫情、內戰只是時代背景，這部四百頁的長篇小說，其實是寫愛情，一般愛情小說的人物，都是花樣年華的青年男女，而《愛在瘟疫蔓延時》是寫老年人生死不渝的長跑愛情。男主角費洛雷提．阿里薩年輕時就認識女主角費米娜．達薩，兩個年輕男女也相愛。稍後烏爾比諾醫生去費米娜家中為她治病因此認識費米娜，追求她，贏得美人歸，奪去阿里薩的初戀情人。阿里薩對費米娜的愛戀忠誠不渝，終生不娶別的女人為妻。直到五十年後烏爾比諾醫生在八十一歲高齡意外死亡，阿里薩才在醫生的喪禮上出現。隨着這個喪禮倒敘烏爾比諾醫生和費米娜五十多年來的夫婦生活。接着就是阿里薩死纏爛打追求費米娜這個老寡婦（他的初戀情人），終於得到她的答允，正如書末所說的「直到永遠」。

馬奎斯在小說的開頭幾句話就牢牢吸引着讀者：「這是無可避免的，他總是聞到苦杏仁的氣味時，憶起受阻愛情的宿命。」甚麼是無可避免的？愛情怎樣受阻？這樣的開頭就抓住讀者的心，追讀下去……馬奎斯的《百年孤寂》的開頭成為經典，人人稱頌：「許多年後，當邦迪亞上校面對行刑槍隊時，他便想起他父親帶他去找冰塊的那個遙遠的下午。」小說開頭幾句話，就吸引着讀者的心……

兩個女人推着活動牀來我的病牀前面，說要推我去手術室。我合上正在看的書本，放入牀頭的小抽屜中，她們扶我過活動牀，躺好了，為我戴上一頂像沐浴時的軟膠帽子，問我甚麼姓名、做甚麼手術、甚麼時候停止進食、有沒有除了胸罩、內褲、假牙、手錶、頸鏈。我都回答了，她們才推我離開病房。到了樓下的手術室門前，護士又問我這幾個問題，我一一回答了，她們才推我入手術室。

護士推我入手術室時，因為我仰臥在活動牀上，經過門口的時候，看見那邊牆上釘着耶穌的十字架。我從活動牀移到手術台，一盞像飛碟模樣的多頭水銀燈照射下來，有點耀眼。

為我做手術的醫生站在我旁邊，他頭戴帽子，戴着口罩，身披白袍，我看不到他的神情。護士解開我罩衫的綁帶，褪下衫袖，這時麻醉師又問我的姓名、做甚麼手術。我回答了，他說：我姓邱，是麻醉師，在你身上注射一針，你會睡覺。我對他說完多謝，意識很快模糊了……

醒來的時候，看見身邊粉紅色布簾，知道回到病房了。我慢慢舉起手，摸摸胸口，左邊的胸口平坦，有點痛，曉得做完切除乳房手術了。他們在手術室怎樣切開我的皮肉、切除我左乳的淋巴、給我止血、為我縫合傷口、說了甚麼話，我完全不知道，沒有感覺，腦子一片空白，連作夢也沒有。我睡覺的時候，很多時都作夢，有時候作好夢，有時候作惡夢，有時候作些不清不楚支離破碎的夢，夢中醒來時，原來睡在牀上，夢境模糊了，如煙雲消散了。

做完手術後六小時才可以進食，而手術前已經禁食十小時，前後十幾個小時沒有飲食怎麼行？護士當然知道我肚餓了，她只好為我吊鹽水。牀邊的活動架上吊着一包鹽水，經小膠管注入我手掌背上的血管中。我胸前的傷口沁出來的血水經小膠管流入身邊的「滴盤」中，上下的小膠管連接着我的身體，仿如天羅地網纏着我，不能行動。但是我的頭腦清醒，能思考，會說話，有記憶，只是傷口微微作痛而已。

手術後的翌日上午，一男一女來到我的病牀邊，女的是我妹妹鄭明訓，男的忽然在眼前出現，令我感覺驚愕，我在記憶中搜索，注視他的面容，驚覺他是辛文！我與辛文在年輕時認識，大家都愛好文學，成為好朋友，因為司徒珊介入我們的戀情，用手段奪去我的戀人，同他結婚，我一氣之下，取消家中的電話，跟他們斷絕聯繫三十年，這樣悠長的歲月，大家都年逾半百，我幾乎不認得他了。而今他忽然在我的病牀前出現，令我驚異又疑惑。他怎樣知道我在這家醫院做手術？他和我妹妹一齊來，當然是她告訴他的。

用布簾圍成的病房，空間狹小，一張三呎闊的病牀，一個裝物件的小鐵櫃，一張椅子，擠得滿滿的，沒有多餘的地方了。妹妹扶我坐起，拿軟枕放在牀邊的鐵欄邊，讓我的背脊靠着坐在牀上，她坐在病牀尾端，讓辛文坐在唯一的椅子上，我們三人就形成品字型坐着。妹妹先開腔，她說：「我早幾年加入××報館做娛樂版記者，認識總編輯辛文先生，有一次在報館的飯堂食飯，辛文先生在無意中提起你，我才知道你們年青時的事。但是我沒告訴辛文先生我是你妹妹，也沒有告訴你我認識辛文先生。直到你入這家醫院做切除乳房手術，我忍不住了，才將你的情況告訴辛文先生，他知道了才要求我帶他來這裏探望你。」

辛文對我說：「鄭明明，我不是無情無義之人，當初是你改了電話號碼又搬了家，隱居了，我無法聯絡到你，這麼多年一直失去你的蹤影。幸而在報館認識你妹妹，才知道你的情況，我要求她帶我來，才有機會再見到你。」

我知道辛文是好人，當年他被司徒珊用卑劣的手段才跌入她的懷抱，不得已同她結婚。我並不怨恨他，只是怨恨司徒珊搶去他。我說：「你來醫院看我，不怕你太太司徒珊知道？」

辛文說：「我的兒子女兒在倫敦讀大學，他們畢業了在那邊工作定居，入了英國籍，不回來了。司徒珊的子宮生毒瘤，她的子宮割除了，因為發覺得遲，癌細胞已經轉移到身體別的部位去了，她在威爾斯親王醫院化療又電療，病情都不樂觀。我們兩個兒女說英倫那邊的醫療科技好，回來接她去那邊醫。她本來就想去兒子女兒那裏了，既然他們回來接她去，前日三母子已經搭航機飛去倫敦了。」

我說：「你為何沒同她一齊去？」

辛文說：「我在報館有工作要做，就是要去，也要找到代替我職位的人才可以離開報館，怎可以同他們一齊去？」

我問他今後的計劃怎樣？他說：「如今我的情況處於兩難，不容易作決擇，看看情況怎樣再打算……」

這時護士長下令女員工來清潔病房，病人和來探病的親友都要離開病房，讓她們換牀單被褥，打掃病房。我胸前傷口的小膠管連着身邊的「滴盤」，無法下牀走動，妹妹幫我拿着

「滴盤」，辛文攙扶我，三人一齊慢慢離開病房，行到通道去。通道沒有椅子，辛文入病房擔一張椅子來讓我坐，照顧我。在我大半生的歲月中，除了我已亡故的父親，沒有男人如此細心照顧我，若是被司徒珊知道，辛文對我這樣溫情體貼，她會怎樣？

我對辛文說：「你要返工，請回去。」

他說，報館的工作是下午上班，現時還有時間，不必急着走，要陪我多一陣。我說：「你晚上要返工，日間要睡覺休息，還是回去好。」

他說：「這麼多年不見你，而今才有機會重聚，你不想我多陪你一陣？」

我看看他，他的神情愁苦，眼泛淚光，似乎有點留戀，我不忍再叫他走。他說的「重聚」，的確是，我和他三十年不見面了，不是他不想見我，而是我換了電話號碼，故意不讓他找到我。有一年某日，我在報紙上看到一則尋人啟示，指名道姓要求我去××報館相見，但是他早已和司徒珊結婚了，我不想再見到他，當沒有看到那則尋人啟示，沒打電話給他，也沒去××報館相見。而今他和妹妹來醫院的病房看我，還買了一紮鮮花獻給我，甚麼意思？病人在醫院治病，也有親友拿鮮花來慰問的，他送花給我，不足為奇，何必多想？

有人說，「花香不在多」，辛文送一紮小小的花朵給我，發出清幽的香味，沁人心脾，我喜歡，正如他年青時我喜歡聞他身體發出的汗香。「香氣襲人知晝暖」，眼下是白晝，我的心感覺溫暖。

女工清潔打掃好了，辛文攙扶我回病房，扶我上病牀。妹妹為我帶來雞蛋三文治、紙盒裝鮮奶。她說，她約了一個電影明星做訪問，匆匆離去，留下辛文陪伴我。

我食雞蛋三文治，飲牛奶，坐了一陣，辛文削蘋果給我食（蘋果和摺刀是他帶來的）他削蘋果的手勢純熟，不是削慣的人不會削得如此又快又好，到底他平時在家削蘋果給誰食？他自己？司徒珊？我不知道。眼前他削蘋果給我食，我的心情從未感覺如此溫馨。

我的自尊心忽然喚醒我，不便接受他的好意了，要不然，或許他更加向我獻殷勤，令我心動，那就不好了。我說：「你在這裏浪費這麼長時間，快回去上班吧！」

我的語氣頗重，他會不會覺得我在下逐客令？或者感覺我對他無情？不理他怎樣想，他已經是有婦之夫了，而我與他孤男寡女在一起，人家可能誤會我們在搞甚麼，傳到司徒珊那裏就會虛擔罵名。我說，昨天晚上我做完手術，可能失血太多，感覺很累，需要靜靜休息，叫他回去做他的事。

他說：「我走了，沒人陪你，有事發生怎麼辦？」

我說：「這裏有值班護士，若是有事，我會按牀邊的電鈴，護士就來看我。」

他說：「你剛剛做完手術，身子虛弱，你要小心，我走啦。」

辛文從椅子上站起來，對我說「拜拜」就離去。我目送着他的背影到走廊。年青時，他的肩寬腰細，走路時步伐瀟灑輕盈。如今他變成虎背熊腰，步履緩慢了。三十年的悠長歲月，我不知道自己的體態變成怎樣了，平時對鏡自照，面孔胖了，肌肉鬆弛了，起了皺紋，沒有年青時的美態了，如今失去一隻乳房，胸部變得平坦了。女人就是面孔不夠漂亮，若是乳房豐滿堅挺，臀部肥大，也能吸引男人的目光。乳房對女人多麼重要！

翌日早上，辛文又來病房看我，他帶來幾朵玫瑰花，還帶來一隻小瓷花瓶，他一來到我的病牀前，就向我道早安，然後把花朵插入小花瓶中，放在我牀頭的小鐵櫃上。玫瑰花紅到發紫，有點俗氣，我不大喜歡。但是男人送花給我，感覺還是甜蜜溫馨的。他在病牀邊的椅子坐下，從膠袋拿出糕餅、紙盒鮮牛奶，撕開紙盒的口子，插入吸管，遞給我。心想：我甚麼時候變成小女孩要大人照顧？

辛文說，我剛做完手術，身子虛弱，要多飲牛奶，要多食有營養的食物，補養好身體，快些恢復健康。他年青時大情大性，做事灑脫，幾時變得這樣婆婆媽媽了？人一上了年紀，心態就變？那麼，我自己有沒有變？人的神態怎樣，照鏡就知道；人的心態怎樣就難以測度，我也不知道自己如今的心態怎樣了。

辛文可能還未食早餐，他也食糕餅、飲牛奶。他的食相久違，年青時，我和他在餐廳飲茶、吃東西時，他不說話，吃得慢調斯理，食相很好看。如今他食糕餅給我看，我們恍惚回到青春歲月的戀情。

年輕時，星期日、假期，大家都不必上班，就去公共圖書館看書，我在書架上挑選到自己喜歡的書了，在大堂的溫習枱坐下來看。有時候看到好文章入神了，辛文來到溫習枱邊，在我對面坐下，他想知道我在看甚麼書，我也想知道他看甚麼書。其實，這種情況很正常，彼此都想知道對方是不是同一志趣，興趣相同，就有共同語言、談話會投契。時間久了，我發覺他讀書的興趣頗廣泛，歷史、政治、文學都讀。我的興趣也是多樣的，但側重文學小說，中國的、外國翻譯成中文的，更加喜歡看一些實驗性的小說。

外國作家的小說，技巧多樣，卡夫卡、芥川龍之介、卡爾維諾、博赫斯的小說我都喜歡。中國現代作家的小說多數都是反映社會的、寫實的。但是也有新感覺派小說，諸如穆時英的《上海的狐步舞——一個片斷》、《白金女體的雕像》等等，技巧新穎，有獨創性。我們這個城市也有作家寫的新銳小說。劉以鬯、西西的小說也有獨創性，讓人看了一新耳目。

在公共圖書館相識了一段時期，辛文小聲問我可不可和他去餐廳飲咖啡。我是女孩子，當然不會他一邀請我就去，說我家裏有事要回去做，沒有答應他。第二個星期日，他給我一張紙條，言詞懇切邀請我，我才同他去餐廳飲茶，乘機談文論藝，又談彼此的工作生活情況，漸漸地成為戀人。當年若不是司徒珊從中介入，用卑劣的手段奪去辛文，我們三人往後的命運就會不同。

如今辛文買鮮花來醫院探望我、安慰我，可見他對我還未忘舊情。他問我甚麼時候可以出院。我說：「醫生講，要看我胸脯的傷口埋合得好不好才決定，現時還不知道。」

辛文問我的傷處會不會留下後患。我明白他的意思，是指我的左乳房切除了，還有沒有癌細胞遺留在身體內。我說，需要進一步檢查。

醫生動刀子割除我的左乳房了，乳房的淋巴變成標本，放在一個透明的塑膠容器中。我的麻醉藥力過了，清醒了，護士拿給我看，塑膠瓶子裝着的是一種像破棉絮的東西，令我惡心。我胸脯上渾圓美好的左乳房在手術刀下居然變成如此慘不忍睹！

為我做手術的醫生，是操手術刀的高手，他給病人做手術時，像庖丁解牛，順着皮肉的紋理割切，乾淨利落。但我不是牛，是活生生的女人。他在切除我的乳房之前一刻，麻醉師在我身上打麻醉針時說：你會睡覺。

我自從降生以來，天天晚上都睡覺。睡覺是必須的；睡覺讓疲累的人恢復精神體力，再勞動工作。我睡覺時會作夢，腦筋活動才有夢境。但是麻醉做手術時，我甚麼都不知道，腦子一片空白，恍惚我已經死了。

有些病人做大手術，需要十多個小時，他（她）的腦子就是十多個小時的空白。我昨天下午兩點三十分開始做手術，醒來時看看病房牆壁上的時鐘，下午四點五十分，我的腦子空白兩個小時。這段時間我完全沒有感覺；無感覺，不癢不痛，無憂無慮，不喜不怒，是最好的感覺。為我做手術的醫生護士就費心勞神，他們站在手術枱旁邊，切開我左乳房的皮層、止血，一刀一刀小心翼翼割我乳房的淋巴、保存標本、割了需要割除的東西、再用針線像縫衣服一樣縫合我的傷口，勞心勞力忙得團團轉。

他們拿我乳房的標本去化驗。化驗報告出來了，醫生對我說：「過幾天出院回家休養，等傷口好了，拆了線，需要接受放射治療」。

我想：我的左乳房已經割除了，還要做放射治療，難道我身上的癌細胞還未清除？醫生說，有些癌細胞成為漏網之魚，再做電療把它們趕盡殺絕，不讓它們捲土重來反噬。

幾十年來，我都是讀書追求知識，注重精神上的富足，完全忽略了身體保健，喜歡吃煎炸的食物，同朋友去郊外遠足時，燒烤豬排、雞翼，香噴噴，打牙祭，享口腹之慾。

我沒有醫療知識，病了只能聽專業醫生的意見做。我問他去甚麼地方做電療。他說，寫文件轉介我去公立醫院。我說：去公立醫院？這家私家醫院沒得做？他說：「做放射治療起碼要二三十次，私家醫院每次都要收錢，費用昂貴，而且不會為病人保存病歷檔案，你交了錢一離開就不理你了。而公立醫院有癌症專科部門，免費的，最好的是，公立醫院保存病人的病歷檔案，長期跟進，醫生認為你要覆診時，就依照日期時間去見專科醫生，直到病人的病情完結為止。」

聽醫生這樣說，公立醫院比私家醫院好得多，我當然接受他的建議。他說，他會寫轉介信給我去威爾斯親王醫院的腫瘤部門做放射治療。

我在聖雅各醫院的病房躺了五日，為我做手術的醫生天天下午都來病牀看我，檢查我胸部的傷口有沒血水流出來，沒有血水了，他叫護士摘去我手背上的針筒、身邊的「滴盤」，說明天上午我就可以出院回家了。

我沒打電話告訴辛文，只通知妹妹明天上午來接我出院。妹妹依時來聖雅各醫院接我，她去樓下大堂會計部付清一筆昂貴費用，去配藥處領取了藥丸、藥膏布，然後回病房幫我換上她帶來的乾淨衣服，同我搭電梯落樓下搭的士回家。

2

在家中休養，我胸部的傷口好了，渾圓美好的左乳沒有了，留下一條幾寸長的疤痕。這條蜈蚣模樣的疤痕永遠都留在我的胸脯上，一直陪伴我死後的屍體進入火化爐變成骨灰才消失，與我皆亡。

天地生人，人會生病，甚麼疾病都有。據說女人的乳房生腫瘤已經十分普遍，十八個女人之中就有一個可能在一生中患上，當中有良性有惡性。我的左乳房腫瘤是惡性的，而今切除左乳了，情況將會怎樣？再去公立醫院接受放射治療會不會把身體內殘存的癌細胞趕盡殺絕？

以前我對癌症不大理會，只感覺可怕，一患上癌病就像判了死列。很多人因患癌症死去。索善尼津的長篇小說《癌症病房》，沒有耐心讀完，癌魔就降臨我身上，才注意癌症的成因、預防、治療，以及生病後如何補養身體。

醫學刊物有專家的文章，說癌症的成因有家族遺傳的，有受到環境污染的，有多食打雌激素雞翼的……我外婆是患乳癌屢醫不治死的，我媽不是，我的乳癌是不是隔代遺傳？如果是家族遺傳的，難道怨恨外婆遺傳給我的壞基因？受環境污染影響的？我們這個城市，地少人多，馬路上的車輛多如螞蟻，它們噴出來來的廢氣，工廠排放出來煙雲、污水，家家戶戶開冷氣，你能去干預或逃避？我平時喜歡吃烤、炸的雞翼，百食不厭，每次都食幾隻。超級市場的食物有標籤「此日期前食用最佳」，但是在雞翼上沒有標籤「此雞翼是打針雞」，我不知道平時吃的是不是打雌激素的雞翼。到底我是甚麼原因患乳癌？天曉得！

我胸脯的傷口完全生好了，去家庭醫生的醫務所拆線。拆線和做手術一樣要除衫袒露胸脯，面對醫生。女人看婦科、生孩子都要面對醫生，有護士在旁幫手就可以了。我又不是害羞時期的少女，若是嫁人，早就為人妻人母了。女人跟丈夫行房，餵哺嬰兒，不是要在男人面前露出乳房？有老婦人說：少女時期的乳房是金花，嫁了人的乳房是銀花，餵奶給孩子的乳房是爛茶渣。我的乳房已經變成一膠瓶子像爛棉絮的東西了，比爛茶渣更不堪！

「醫者父母心」，醫生為男女病人診症都是以平常心視之，相信他們不會有邪念。我的左乳房都沒有了，有的只是一條如蜈蚣模樣的疤痕。開刀做手術完成了，傷口用針線縫合皮肉才能生埋。醫生說，縫合傷口的是羊腸纖維線，不拆掉也可以，時間久了，羊腸纖維線就會同皮肉融合在一起，沒有任何壞處。但是拆掉它，將來的傷口比較平滑，好看些。既然拆線好過不拆，我當然選擇拆掉它。

我讀過一篇小說，女主角是化妝師，她不是為演員化妝，不是為女人化妝，而是為屍體化妝。她的工作地點在殯儀館底層的房間，靠近後巷，潮濕陰暗，整天亮着日光燈，白亮的光線照着屍體，也照着她蒼白的面孔。他戴着一頂像淋浴時的膠帽子，遮掩着黑髮，身披白色工作袍，為屍體整容化妝的時候，像醫生為病人操刀做手術一樣專注。不同的是，麻醉師打針麻醉了病人，病人沒了知覺，但是他/她的心臟還會跳動，還會呼吸，身體軟綿綿，醫生為病人操刀做手術時，刀下的病人還是活生生的軀體。而她為死人整容化妝時，她手下的軀體早已停頓呼吸，皮肉冷硬，面如死灰，肌肉扭曲，容貌變了形。

屍體從醫院的冷藏庫搬運到殯儀館的停屍間，死屍之中，有些被車撞死的，有些是跳樓死的，這些屍體支離破碎，頭面破裂，完全變了原狀。她必須把死者面目缺的地方整合好，敷上厚厚的灰粉，塗上脂膏，為他/她們梳理好頭髮，描上眉毛，回復他/她們原來的容貌。這樣的手藝，比醫生為病人操刀做手術難度還要高。

我只是生病，還未死，無須死人化妝師為我化妝。現時我仰臥在醫療牀上，面向天花板，護士揭起我的上衣。醫生拿着小剪刀，小鉗子，剪了幾下，用鉗子拔線。我沒有痛楚，只感覺少少痕癢。他拔出來的羊腸纖維線，像剪斷了的小蚯蚓，放在紙巾上，微微蠕動。

我兩隻乳房沒了一隻，着上衫形成一邊高一邊低，不平衡，模樣怪怪的，很難看。連芬說：去配義乳吧。

連芬是我的好朋友，她跟我一樣，前年切除一隻生毒瘤的右乳。我說，我切除的是左乳啊。連芬說，左右都有義乳可配。我說，不知道去甚麼地方配。連芬半認真半開玩笑說，你請我飲茶，我帶你去。我說請你飲茶是小意思，幾時帶我去？連芬說，明天是星期日，她放假，有時間帶我去。

連芬結婚十幾年了，有了兩個孩子，一家四口，丈夫愛她，生活得快樂，遺憾的是患癌腫瘤切了一隻乳房。醫學刊物有專家的文章說，沒有性交的女子患乳癌的機率高。我沒有結婚，也沒有性交行為，外婆又是因乳癌死亡的，所以我患乳癌。但是連芬前後結了兩次婚，性慾又強，幾乎晚晚都同丈夫做愛，她的家族沒有乳癌先例，怎麼她會患乳癌？

由我和連芬的案例看，醫學刊物上的文章可靠嗎？這種事情，我只是存疑，不敢否定。因為在醫學刊物上發表這樣論文的專家，當然經過調查、統計、研究得出來的結論，並不像小說家那樣憑空想像出來的，有理由可信。

我與連芬是多年朋友，了解她的性情，甚麼話她都可以講（她同丈夫性交風流快活的事都講），講錯了她也不放在心上。有一次我在電話中問她，她切除一隻乳房了，她的丈夫對她的感覺怎樣？她說，她的丈夫曉得人情道理，不止不嫌棄她，還同情她，他說，女人有誰想切掉一隻乳房？

的確是這樣，乳房是女人的性徵，高高的胸脯會吸引男人的目光，正如男人面上的鬍鬚吸引女人垂意。辛文是鬍鬚佬，面孔像裘冉客，女人見了都喜歡他。

辛文是我的初戀情人，我十分喜愛他。錯就錯在當年那個晚上同司徒珊在戲院看《羅生門》，散場後三人一齊去餐廳飲茶，我介紹辛文跟她認識，她有機可乘，用卑劣的手段搶去辛文，令我失戀多年，至今不能釋懷。

我知道，她只得到辛文的身體，得不到他的愛，她和他結婚了，她會快樂幸福嗎？她知道自己橫刀奪愛，辛文不是真心愛她，她才去倫敦她兒女那裏醫病。這樣也好，辛文終於有自由來探望我、安慰我。他來看我的時候，我會感覺溫馨。

我出院回家翌日早上，有人在外面叩門。我一打開大門，就見到辛文站在鐵閘外面，手奉着一紮鮮花，笑着對我點頭、道早安。我當然不好給他吃閉門羹，打開鐵閘讓他入屋。入門都是客，我接了他手上的鮮花，讓他在廳子的梳化坐下，問他怎樣知道我住在這裏？他半認真半開玩笑說：「我神通廣大，沒甚麼不知道。」

我想：既然你神通廣大，我與你失去聯絡三十年，你為何找不到我？如今你登門看我，當然不是你神通廣大，是我妹妹告訴你的。我不是猜錯了吧。

他恍惚猜到我的想法，這樣說：「我是記者出身，記者有靈敏觸覺，風吹草動都有線索可尋。你又不是神秘人物，想知道你的行蹤一點不難。」

我沒放過他，冷笑說：「你咁有本事，我在這裏隱居這麼多年，你又找不到我？你又要在報紙登尋人啟示找我？」

他說：「我在報上登啟示找你，是想你打電話來我們報館聯絡，你既然看到我登報尋你，你為何沒打電話給我？」

我說：「你都同司徒珊結婚了，我為甚麼還要惹你們？」

他說：「我騎虎難下才和她結婚，結了婚我的行動就不自由，我的一言一語，一舉一動，她都說我不對，我喜歡着的衫她不讓我着，我喜歡做的事她都反對，我真的沒她辦法！」

我認識司徒珊好幾年，那時我們都年青，我不相信她如此橫蠻不講理。但是辛文是學識豐富的正直男人，他做丈夫的，不會說太太壞話吧？而今他在我面前發牢騷，看來不是講假話，不是說「清官難審家庭事」嗎？我們都斷了聯絡三十年不見面了，怎知道他們夫婦之間的恩怨？我說：「你是知識豐富的文化人，讓讓她吧。」

辛文自覺失態，面部表情尷尬，不出聲了。過了一陣，他改變話題：「你不用去威爾斯親王醫院電療嗎？」

我說：「醫生的意見，要我做一次電腦掃描才決定需不需要電療。」辛文問我去哪裏做電腦掃描。我說：「威爾斯親王醫院腫瘤科的醫生說，他們醫院有一台電腦掃描機器，因為腫瘤病人太多，需要排期輪候，最快一年後才輪到我，若想快，就自己出錢去私家醫院照，費用當然昂貴。」

辛文說：「一年後才輪到你照，病情不是嚴重了？病從淺中醫，我看，你應該去私家醫院照，早些知道結果需不需要電療才是好辦法。至於費用多少，我可以為你付。」

我想：我是你甚麼人？憑甚麼要接受你的幫助？我婉拒他。

他的神情有點尷尬，他解釋，他為我出錢，只是向我伸出援手，沒有別的意圖。我看得出，他對我不忘舊情，但是他是有婦之夫，是兩個三十歲兒女的父親。我與他怎可能恢復以前的戀情？若是他老婆不是去了英國他們兒女那裏治病，他夠膽來我家看我嗎？

我雖然不是有錢人，但是錢財是身外物，錢財與性命相比，生命當然重於金錢。我打電話給妹妹，跟她商量，決定自己付錢去私家醫院做電腦掃描。

做電腦掃描不必住醫院，跟院方約定日期時間去照就可以了。到了預約日期，我離家落樓去街上搭的士，提早到達醫院辦理需要做的事項，然後入電腦掃描室。

醫護人員一男一女，她讓我入布簾圍成的更衣室，除去上衣，穿上一件罩袍，出來，他們就扶我仰臥在一張活動牀上，她向前一推，活動牀就滑入一個圓形的圓筒中。因為機器有輻射，他們離開電腦掃描室，留下我獨自靜靜地躺着。他們去後面的控制室開電源，包圍着我的圓筒在我的胸腹部位呼呼旋轉，發出微微的響聲。我甚麼都看不到。

醫學科技真是神乎其技，這個包圍我旋轉的圓筒仿如照妖鏡，我腔腹中還有沒有漏網的癌細胞，在它的窺視都現形，比孫悟空的火眼金睛還厲害！孫大聖的火眼金睛是小說家憑空想像出來的虛構故事，引人入勝，而電腦掃描機器卻是實實在在的東西，人身體裏面極之微小的癌細胞都無可遁形，在我的病歷報告中顯露出來。

我付了一筆錢，得到的只是一份電腦掃描報告。我懂得英文，會讀英文劇本、小說，也會把英文小說翻譯中文，就是這份英文電腦掃描報告仿如天書看不懂。看不懂，當然要把它交給醫生處理。

我讀大學時，主修中國文學，副修英國文學，畢業後，在中學任教職，也是教文科，對醫科一竅不通。我看不懂這份電腦掃描報告並不慚愧。人不是通天曉，樣樣都懂得，醫生能治病救人，使病人起死回生，他們不一定能建造醫院，也不一定能寫詩、寫小說，懂得藝術，是不是？

到了預約日期，拿着這份英文電腦掃描報告去威爾斯親王醫院腫瘤科登記處掛號，在候診大廳坐下等了一個多鐘頭才輪到我見專科醫生。他細細看了我的電腦掃描報告，說我需要接受放射治療。需要電療，說明我的左乳切除了之前已經有癌細胞潛逃到體內別的部位去，俟機返噬我，所以就要先下手為強，接受放射治療才可以把它們趕盡殺絕。與癌魔搏鬥，就像跟敵軍打仗，不殺敵人，就被敵人殺。想生存下去，就要心狠手辣，置它們於死地。但是這場大戰，不是我一個人跟癌魔搏鬥，必須倚重專科醫生的醫術、藥物的威力、放射治療機器才行。

我進入診症室的時候，門外的白色牌子寫着「何佐之醫生」，他是頗肥胖的中年人。我急不及待說：「何醫生，我聽別人說，有一種標靶藥，是癌細胞的殺手，可以根治癌症，是不是這樣？」

何醫生說，標靶藥的確厲害，如武林高手取人首級，必須一擊即中，消滅對手，萬一失手，以後就沒有藥物能醫治我的癌病了；這一招是豪賭，盡地一鋪，是險中求勝，要我三思而後行。

我問他賭不賭得過？他說，性命攸關，要病人自己拿主意，醫生不能作決定。

我為難了，怎樣好？既然是豪賭，輸的不是財物而是性命。人的生命只有一次，輸了就要入地府見閻王，我輸不起。為了保險，我對他說，我不用標靶藥，接受放射治療。

何醫生說，這是明智的抉擇，是進可攻、退可守的策略，很多病人都是這樣做。但是我還有疑問：「標靶藥既然沒有人用，要它做甚麼？」

何醫生說：「不是沒有人用，選擇標靶藥的多是那些末期的癌症病人，他們用甚麼方法用甚麼藥物都醫不好，眼見就要死了，就用標靶藥博一鋪，贏了最好，輸了就認命。」

我又不是末期癌症病人，接受放射治療就有機會醫得好，為甚麼要用像賭博的標靶藥？我說，我決定接受電療。拿着何醫生給我的文件去預約處排期電療。

3

回到家中，打電話給連芬，電話很快就接通——

連芬？我是鄭明明，得閒談談嗎？

得閒。你去威爾斯親王見醫生，他怎麼說？

何醫生看了我的電腦掃描報告，說我要電療，請問你切了乳房需不需要電療？

需要。電療三十次，療程才完畢。

每日都要去電療？電療一次多少時間？

星期一至星期五放射治療室都有人開工，星期六、日及公眾假期休息，休息當日當然無得電哩。不過，你不用操心，之前他們會給你一張電療硬紙咭，上面寫着日期、時間，你依照日期、時間，提早三四十分鐘去到放療門外換衫，然後坐下等叫名，叫到你才可以入去。電療時間大約三十分鐘，就是來回搭車花時間。另外去電療之前要帶一樽水去，電療完了口乾，要飲水。

還有一件事要問你。

請講。

現時去配義乳可以嗎？

可以。義乳其實就是胸罩，一邊是真胸罩，一邊是假胸罩，戴上身高低一樣，同平時戴的胸罩差不多。

你也是戴這種胸罩？

是的。去電療時佩不佩戴由你。

反正都要去配，你可不可以帶我去配？

大家是朋友，當然可以。

多謝你，到時見。

連芬的家和我的家距離不遠，我們約好在××巴士站會合，一齊搭巴士去尖沙嘴，在漆咸道的巴士站下車，從交通燈位橫過馬路，轉過街角，順着加連威老道向前走。加連威老道兩邊的店舖都賣服裝、賣鞋子，還有舖子賣從工廠運來出口去外國的次貨，打着名牌子零售，價廉物美，很多顧客來這裏選購。

連芬仿如識途老馬，她在前，我隨後，在來往的人群中走到橫街口，上樓梯進入一間樓上的商店。裏面賣的都是女人的衣裙、內衣、胸罩，不像樓下的店舖擺明做生意，顯得有點神秘。進入裏面的女人似乎見不得光，神情閃縮，她們之中很多都選購特製的胸罩。這些特製的胸罩，都是供給切除左乳或右乳的女人選購，戴上這種胸罩，外面穿上衣服，表面看與一般兩隻乳房健全的女人無甚差別，只有她本人才心知肚明。她們不幸患癌症不得已才切去高聳的乳房，胸口變得平坦，而且留下一道幾寸長像蜈蚣模樣的疤痕，誰願意被別人知道自已是乳癌患者？患癌病已經不幸，被別人輕視、存介心，那些無知者以為癌症是傳染病，避免接觸你，不是更悲哀？有些未婚的年輕女子，因癌腫瘤切除一隻渾圓堅挺的乳房，跟男子談戀愛時好不好告訴他？隱瞞他？等到被他發現了怎麼辦？

連芬和我是好朋友，她的性情開朗，心直口白，跟我無所不談。她曾經前後兩次戀愛、結婚、生孩子，是「完美的女人」。她曾經跟我說過，男子同女子熱戀的時候，會跟戀人親吻、擁抱、伸手入內衣撫摸她的乳房。若是沒了一隻乳房，不是把他嚇跑？好在她已經結婚、生了兩個孩子才因癌腫瘤切去一隻右乳，她的丈夫表面對她沒甚麼，誰知道他的內心怎樣想？男人的心理都一樣，誰不想自己的情人、妻子有兩隻圓渾堅挺的乳房？沒了一隻就不知道他怎樣想。

連芬前後同兩個男子戀愛、結婚、生了兩個孩子才患癌症切去一隻乳房，算是不幸的幸運了。真正不幸的是像我們這些未戀愛結婚的女子。沒了一隻乳房還敢跟男子談情說愛嗎？

出售一隻乳房胸罩的店鋪，大都在不為人知的樓上，是少數女人互相轉告才知道，悄悄上去選購，像去當鋪典當衣服、腕錶、首飾之類，入去的人都躲躲閃閃，怕被別人見到面子不好看。

做了割除乳房手術後，我以前佩戴的胸罩不能用了，只好選購左乳房塞滿海棉的胸罩了。連芬說，初時戴這種胸罩不習慣，不舒服，傷口可能不適應布料海棉的磨擦，在家中最好不要戴，出外做事要見人才佩戴。她是過來人，有經驗，聽她的話做不會錯。她比我小三歲，算是我的後輩，別的知識我都可以教她、指導她做，而這方面的事，她是「先行者」，我變成她的徒弟，要她教了。

連芬本性心直口白，心裏有話就說，但這方面的事卻守口如瓶，從不向別人透露。她切掉一隻右乳，我切掉一隻左乳，彼此都少了一隻乳房，同病相憐。她告誡我，千萬不可對別人說自己是乳癌病人。我感覺悲哀，恍惚癌症病人是帶菌者，像通緝犯，不敢表露身分。我曾經為人師長，獲過獎項，受人尊敬，怎麼失去一隻乳房就無面目見人？人的身體只是一具皮囊，虛有其表，心靈坦蕩善良才可貴。但是軀體別人看得到，附在皮囊的靈魂是魔鬼還是天使人家看不見、摸不着。

我買了兩個左邊塞滿海棉的胸罩回家，只放在衣櫃中，沒有佩戴，因為去威爾斯親王醫院做放射治療時必須除下，太麻煩，只穿着寬闊的上衣遮掩，避人耳目。

頭一次到達醫院的腫瘤部門，我以為他們就開始為我做電療，原來我的想法錯了，不是這樣簡單，電療之前要做幾種準備工夫。

腫瘤部門在醫院大樓地庫，地庫寬廠，大廳中三十多個房間，分門別類，有診症室、模型室、設計室、化療室、放射治療室，好幾種。我到達的時候，大廳中坐滿了等候的病人、陪病人的親友。他們有男有女，有老人也有年輕人，／他們有初診的，有覆診的，有病人接受化療，有人接受放射治療。

我在登記處交上何佐之醫生寫給我放療硬紙咭，等叫名。聽到叫自己的姓名了才去某號診症室。那個坐着等候的人入診症室去了，我才坐在他留下來的椅子上。我知道，在公立醫院治病的人甚多，往往要輪候一兩個鐘頭。為了不白白浪費時間，我從布袋拿出書本看，但是要留心聽叫我的姓名，恐怕錯過了有麻煩，對着書本看不入腦。坐在我旁邊的年輕女子，她看見我手上的書是《癌症病房》，細聲問我這本書有沒有講乳癌的？

她這樣問我，看來她也同我一樣患了乳癌。我說，這本書的書名雖是《癌症病房》，但不是講防癌治癌的，它是小說，主要是講醫治癌症病人的各種遭遇的故事，患乳癌的病女人不必看它，看了也沒有甚麼用。她說：「你來這個部門也是生癌的？如果這本書不是講防癌治療的，你為甚麼看它？」

我說：「我喜歡看小說，它是小說，我才看它。」

她說：「別的書你不看？」

我說：「我不止看小說，各種各樣內容的書我都看。」

她的興頭來了，說：「你甚麼書都看，醫藥書、防癌治癌的書也看？」

我說：「這些書也粗略看過，但我不是學醫的，只知道少少癌症的常識，作用不大，沒有資格做研究。」

她說：「你好過我一點都不曉得。」

我說：「我所知道的也不多，只是我的朋友和我一樣是生乳癌，大家談論交流經驗——這樣對乳癌病人有幫助。」

她說：「我有疑難可不可以問你？」

我說：「大家都是不幸患癌的女人，同病相憐，我曉得的會解答你。」

她說：「我兩隻乳房好好的，生癌切了一隻，胸口一邊高一邊低，人家一看，就知道我沒有一隻了，我很羞愧。」

我說：「這件事容易解決，去選購有義乳的胸罩佩戴，外面有衫遮住，你不講，別人就看不出來。」

她說，她不知道在甚麼地方買得到。

前幾日連芬帶我去那間樓上的商店，各種款式、尺碼、質料的都有，在店裏選購的女人，有身子瘦小的本市女人，有高頭大馬的西洋女人，有身材中等的女人，有肥胖的女人，她們都揀到合心意的，不會空手而回。

這間樓上店鋪的老闆是女人，她有生意頭腦，銷售女裝衣裙、內衣、鞋子、絲襪、假髮、化妝品、潤膚膏、特製胸罩。凡是女人所需的物品都有，時裝的款式多，尺碼齊全，任君選擇，進入她的店舖，不買多也買少，生意興隆，而且樓上的租金便宜，賺到的錢比樓下的店館還要多。

我拿出紙和筆，寫那間有義乳胸罩買的樓上店舖的地址給她。她接了我寫的紙條，問我願不願意跟她交換電話號碼，以後有問題打電話請教我。她恐怕我不答應，她先寫她的姓名、電話號碼給我。

原來她叫卓文君，很好的姓名。卓文君是漢代名人卓王孫的女兒，她新寡不久，不理父親的反對，再嫁貧窮的司馬相如，夫婦兩人回家鄉四川成都開小酒店謀生。司馬相如是漢代文帝、武帝時期的辭賦名家，他的代表作《子虛賦》、《上林賦》流傳至今，膾炙人口，在中國文學史佔一席位。

我身邊的少女卓文君，她有沒有學問？她對我說，她讀書不多，更不要說甚麼學問了。我問她現時是學生還是在社會上做事。她說她在父親開的小餐廳廚房學炒菜。漢代的卓文君和我眼前的卓文君都是當爐掌勺的女子，兩人的出身、學識卻大不相同。

這時，那邊有人叫她的姓名。她站起來，向放射治療室那邊走去，不用說，她當然去接受電療了。她是年輕女子，就生毒瘤切掉一隻乳房，以後還有男子願意娶她為妻嗎？沒有乳房餵哺孩子，可以給孩子餵牛奶，不要緊。問題是，有沒有男子願意娶她、同情她、可憐她、同她一齊過日子？

大約三四十分鐘，卓文君從放射治療室向大廳走來，她見我還坐在椅子上等待，頗高興，說：「我以後還要來這裏做電療，可能還可以見到你，我怎樣稱呼你？」

我說：「你叫鄭老師可以，叫我鄭女士也可以，隨便你怎樣叫。」

她說：「我應該叫你鄭老師，很多事情我都要你指教。」

沒有親友陪伴她來醫院治病，她一個少女獨來獨往，也算有膽識。我問她入醫院做手術割乳房有沒有親人陪伴她？她說，她的媽媽早幾年死了，留下她和弟弟，爸爸天天都要去小餐廳開門做生意，弟弟要上學，沒有時間陪他來治病。

我說：「你一個人入醫院做切除乳房手術不怕？」

她說：「不怕就假，誰叫我條命苦？馬死落地行，怕也要做，醫生話，我生的是毒瘤，快些切除它還有得醫，遲了癌細胞擴散到身體別的部位去，連命都不保。你話一隻乳房緊要還是條命緊要？」

我說：「生老鼠好過死皇帝，當然是條命緊要。」

她說：「所以啊，無人陪我來醫病，甚麼都是自己去做，經歷了艱苦，見得多了，膽就大哩。」

是的，人的氣力是練出來的；功夫是練出來的；字要寫得好是練出來的；炒菜是練山來的；膽量也是練出來的。那些富貴人家的子女，嬌生慣養，像生長在溫室中的植物，太陽一曬就凋謝。梅花在苦寒中才開得燦爛；冰層下面跳出的魚才活躍；貧苦人家歷練出來孩子才堅強勇敢。

卓文君對我說：「鄭老師，我有事要做先走，拜拜！」

她豐胸細腰肥臀，身材好，可惜生毒腫瘤切去一隻乳房，胸脯一邊高一邊低，不平衡，不對稱，是她人生的缺憾，是她的不幸。道義上，人情中，我都應該帶她去有義乳賣的店舖買胸罩，佩帶上了彌補她身體的缺憾。

她離去了，不知道她的療程要電療多少次，還要電療多少次才「畢業」？在學校的畢業生，小學畢業升中學；中學畢業升大學；大學畢業有人去社會上做事，有人繼續進修讀碩士博士。無論他們升學、就業都有前途，人生充滿希望。而癌症病人療程完了叫做「畢業」，從放射治療室出去一段時間可能會癌症復發。屢醫不治死了進入焚屍爐，化作一陣清煙在人間消失，灰飛煙滅。

卓文君是個誠實善良的好女子，很可憐。她傷口的羊腸纖維線拆了嗎？傷口埋合得好不好？她年紀輕輕就失去一隻乳房，豐滿的乳房是女子的自豪，是造物主賜給女子的恩物，她們珍之重之，既然是好的賜予，上帝怎麼不阻止癌細胞在女子的乳房滋生、要她們受皮肉之苦、受精神傷害？

有人叫我的姓名了，打斷我腦海中的問號，我站起來了，向那邊走去。過了通道，到達那間房子門前，工作人員問我的姓名、身分證號碼，他看看手上的醫療文件，核對無誤了才對我說：「你入來，我們為你做模型。」

造模型？為我倒模塑像？我又不是聖母瑪利亞，有資格塑像嗎？

進入房間，牆邊有石膏粉，有石膏頭像，猶如石膏像工場。但是他們不是為我倒模造像，一個女子讓我入布簾中換上白色罩衫，另一個男子把一張纖維厚紙板放在矮牀上，讓我上去仰臥着，他們一人在左，一人在右，把纖維紙板拉拉扯扯，擺動幾下，過了一刻鐘，纖維蜷曲，形成我背脊的模型。他們工作的時候，我不感覺熱，也不感覺冷，不知道他們是怎樣做的，整個過程只是十幾分鐘。她說，已經做好了，叫我起身。我起身，他拿起模型，在模型背面寫上我的姓名、編號，說做好了，入布簾換上自己的衫，可以走了。

當時我不知道這個纖維模型有甚麼用途，第二天再來，在放射治療室門前交上電療紙咭，姑娘叫我去更衣室換上醫院供給的罩袍，坐着等叫名。等待讓人練就耐性。等待讓人感覺無奈。等待讓時光白白流逝。有人感覺等待無聊，閒談起來，問對方身體哪個部位需要電療。這麼多人坐在一起，有男有女，有人剛剛開始電療，有人已經電療好幾次了，有人接近尾聲，還有最後一次就完成療程。舊人去，新人來，宛如儲水庫，一邊流出去供市民飲用，另一邊東江水經大水管道流入來補充，水庫的水位永遠都是那麼高；又像學校，高年級的學生畢業了離去，新生入來就讀，學生的名額不會少。學校的畢業生，有人升學，有人就業，他們都有前途，有機會飛黃騰達，創造一番事業。

但是癌症病人從放射治療室出去，有人因長期治病失去工作職位，打破飯碗；有人因癌病變得氣虛體弱，沒有能力工作；有人因癌病復發再住醫院，進一步治療；更有人不敵癌細胞侵食，走上黃泉路，了結一生。

醫院的大病房，分男病房和女病房。接受電療的病人，無論男女都在一、二、三號放射治療室門外輪候電療。我是二號放射室，入更衣室換上醫院供給的紫色罩袍，然後坐在二號室門前輪候。等待的時候沒事做，有人想知道別人的病情，交換意見。有個上了年紀的男病人問我甚麼部位需要電療。我不好意思說乳房，用手指指胸脯作答。他的表情有點尷尬，自知不應該問我，就心照不宣收口了。

古代有一篇散文，題目叫《核舟記》，文中有「坦胸露乳」的句子。「乳」字寫在書本上，讓世人閱讀，怎麼不可以宣之於口？因為乳房被衣服掩蓋着，成了女人的私隱，變得避忌。已婚的女人在丈夫面前坦胸露乳；女人餵哺嬰兒時坦胸露乳；入醫院做手術割除乳房要坦胸露乳，避忌得了嗎？但有些事情可以做，不可以說，一說就俗，會被別人識為不禮貌，甚至被別人說你「鹹濕」。

女人在外面當眾除衫，人家就說你不知廉恥，是瘋婆娘，必須在隱蔽別人看不到的地方可以做。我生癌病入醫院治療，必須一再重複：解鈕扣、脫衣，坦露上身，讓醫生檢查、切除乳房、縫合傷口、拆線，讓模型師做模型，讓醫護人員畫在胸脯上設計圖作放射治療。

做模型時，要拉開罩衫做石膏假左乳，做設計時要讓醫護人員在胸脯上畫橫直紅藍線條做記號，接受電療時要掀開罩衫，面對女人、男人。

以前的道德觀念教誨我們，女人坦露肉體是羞恥的、不道德的。中醫師為病人診症，方法是望、聞、問、切，為女人診症時，病人不可以見醫師，賢妻淑女從帳幔中伸出手讓醫師把脈斷症，醫師連望、聞、問、切都做不到，怎能醫得好她們的病？

我們中國人的文化、藝術，乃至哲學，把靈魂與軀體分開看待，把內容與形式對立。中國畫家筆下的人體，都是髮髻亮麗、衣裳密實的仕女圖，把唐代婦女的領口畫得低一點露出鎖骨，也被說成「唐朝豪放女」，楊貴妃也失去尊嚴。西洋畫家筆下的女人像，坦胸露乳掛在牆壁上，是珍貴的藝術品，讓世人觀賞。近代畫家追求人體美，僱美女做模特兒，赤身露體或坐或站，讓他們描摹，成為名畫，高高掛在藝術館的牆壁上，吸引無數男人女人觀賞。

西洋人的醫學，重在解剖屍體，切開女屍的乳房、陰道作研究，實驗出成果了，然後為病人做外科手術，開膛破肚換肝、換腎、割子宮、切開陰道醫治，使病人從死亡邊緣延長生命。

嬰兒從陰道爬出來時，赤條條，「生命潔來本潔去」，沒甚麼可避忌的。如果我們不裸露胸脯讓他們做石膏假乳、在胸脯上畫設計圖，怎樣可以做電療治病呢？

在胸脯上畫線條必須準確，若不是，電療時高能量的輻射線照偏差了位置，殺不死癌細胞，還會傷害身體內的好細胞。

他們說，比較難繪畫的部位是腋脅，割除乳房留下來的長長疤痕，由上胸到腋窩，又是必須輻射的部位，所以畫得要準確，否則會產生反效果。

畫線條的醫護認為準確還不算數，要坦露胸脯讓專科醫生看畫得是否準確才作實。醫生仔細看過了，認可了，對我說：回家沖涼時最好不要洗胸脯，若是洗掉繪畫的顏色線條，下次電療時又要補繪就麻煩。我說知道了，我會小心保住它。

從醫療室出來，在大廳休息時，看到牆邊的木架中放着幾種紙頁，我拿來看看，一張寫着「放射治療」，一張寫着「藥物化療」，我想對電療、化療多一點認識，放入布袋中，留着回家看。再看另一張是「臨終服務」。醫生說我的乳癌是初期，醫得好，會恢復健康。就是死了，也是我的親友為我做身後事，不要看它！

我的背脊做了纖維模型，胸脯畫了設計紅藍色線條，以為明天來就可以開始電療了，想不到又要入另一間模型室。在裏面工作的人對我說，是為我做石膏模型。我說，上次做背脊纖維模型時怎麼不同日一起做？他說，是兩種不同的工序，做法不同，要分開做。

女員工給我一件白色罩袍，在工作室一角拉上布簾，讓我更衣。我想：換不換衫都無所謂，做畫線條時，他們不是掀開我的罩袍？不過，赤裸上身也不好，穿上罩袍免得大家尷尬。人類始終異於永遠都光着身子的禽獸，所以要守規矩更衣、穿衣，不可失禮人。幾個月前我在聖雅各醫院做手術切除乳房時，醫護人員也拿一塊厚布掩蓋我胸腹下面的部位，不可讓我赤身露體失去尊嚴。

嬰兒時期，不懂事，爸爸除下我的衣服，為我換尿布、洗身，習以為常。稍長懂事了，我更衣的時候爸爸就避開，等我穿好衣服了才面對我。他是我的慈父，也是我的嚴父，他通情達理，從來不做過份的事。

如今在模型室中，他們讓我仰臥在一張硬板牀上，掀開我的罩衫，在我的胸脯上鋪上一塊布，又在布上塗上一層白色的東西，我不知道那是甚麼，只感覺像辣椒水搽在我的胸脯上，熱辣辣。幾分鐘後，胸脯上的漿液澎脹起來，稍後才知道他們在我身上做模型，我看看做成的，是個義乳房。

那位女員工扶我一起身，給我一塊紙巾，我接了，才知道紙巾是給我抹掉身上的粉沫。入牆角布簾換衫的時候，抹來抹去都抹不乾淨。因為胸脯有疤痕，皮膚上又畫着紅藍色的線條，粉沫沾着也不敢用力抹，心想，回家用濕毛巾再抹或許可以抹掉，但是又擔心用濕毛巾抹，粉沫抹去了，胸脯上的紅藍線圖也抹掉。設計人員對我說過，必須小心保護胸脯的彩筆記號，電療時的輻射線才射得準確。若不是，電療的效果不夠好。

我記住他的話，沖涼時不敢洗刷胸脯，以免洗掉皮膚上的彩圖。那些線條有橫有直，直的線條延伸到脖頸上，若不是穿高領衫，頸喉上的紅藍線條露出來，走在街上、坐在巴士上、地鐵的車廂中，會引來別人奇異的目光。有人明白，那是接受放射治療的記號，是癌症病人，或許會害怕，不知道會不會傳染給他們。為避免惹人猜疑，我穿高領衫掩飾。

癌症是人類的頭號殺手，有人患腦癌，有人患肺癌，有人患鼻咽癌……無論患甚麼癌，都是不幸又痛苦。是我的朋友又是我的情敵的司徒珊，她的子宮生了惡性腫瘤，到了第四期才發現，即刻入私家醫院割除了子宮。做割除子宮手術，先要切開肚皮才割子宮，當然在肚皮上留下長長的疤痕，接受電療時也要在肚皮上畫上紅藍兩色的圖形線條。但是她穿上衣服就把疤痕、線條遮蓋了，別人不知道她是沒有子宮的癌症病人。這方面，她比我好。大家都是年輕的時候，我介紹她跟辛文認識，她居然恩將仇報，撬我的「牆腳」，奪去我的戀人。她和辛文結婚不久就生了一男一女兩個孩子，算是有個小家庭。而我至今還是獨身女人，她又比我好。這三十年中，也有男子喜歡我、追求我，但我不為所動，我心裏始終只有辛文一人，非他不嫁。司徒珊用卑鄙的手段奪去了他，我一氣之下，取消家中的電話號碼，又搬家，隱居避免見到他，他也無法尋找到我，大家失去聯絡三十年。直到我妹妹將我入聖雅各醫院做手術切除乳房的事告訴他，我們才再遇上。

司徒珊的癌病，在香港醫不好，才放下她老公去倫敦她兒女那裏居住醫病，看來她的病情並不樂觀，也許一去不返了。辛文沒有她監視，才可以來醫院、來我家探望我，安慰我。

辛文說，三十年來他都在都懷念我，不忘我們年輕時的戀情。我相信他是真誠的。

4

沒有做過放射治療的癌症病人，以為一拿到專科醫生開出的病歷紙咭就可以電療了。很多病人同我一樣誤解。原來其過程像出版一本書，先拿文稿去出版社，打字、做電腦排版、出書樣、再送回來給作者修改、校對、有插圖的加入圖片、設計封面、經總編輯審核沒有問題了，才可以送去工廠印刷，出版發行。

幾十年中，我出版過十多本書，對寫作和出版書籍頗有經驗。我就是頭一次需要接受放射治療，感覺好奇又陌生。

接受放射治療的癌症病人，事前也要做好幾項準備工夫。單是做事前準備工夫就要花幾日時間。到了確定電療日期，我提早到達威爾斯親王醫院大樓地庫，去登記處交上我的病歷紙咭，去更衣室換上紫色罩袍，坐在二號放射治療室門外等待叫名。

三間放射治療室在同一通道中，三號室是重症癌病人專用。他/她們都是住在醫院的病房中，有坐輪椅從病房推下來的，有仰臥在活動牀上推下來的，活動牀上掛着膠瓶子、牀邊掛着氧氣瓶，牀上躺着瘦削的病人，面色灰白，口鼻戴着氧氣罩，有些身子虛弱到不像人一樣任員工推來推去，沒甚麼反應，恍惚沒了知覺。

我在想：我的放射治療療程完了，能把身體內的癌細胞趕盡殺絕嗎？若是不能恢復健康，或是電療後不久癌病又復發，我就會像眼前這些瀕危的病人一樣悲慘。

有人說，病人不可憂傷，要樂觀面對才能戰勝癌魔。想來也有道理，憂傷使人頹喪，食慾不振，加重病情，步向死亡。

以前我只看文學藝術方面的書，想學習多一些學問，充實自己。患了乳癌，才關心癌症的事，看這方面的醫學雜誌上的文章。醫學雜誌有有專家發表論文，說人們受了胚芽殘留學說的影響，認為細胞的惡性變化是個體細胞開始，漸漸繁殖形成單灶性細胞。近來醫學界發現，乳腺癌的發源往往是多灶區域，才有「癌野發源」的概念。雖然有某些專家的觀點只有一個乳腺一邊的不同部位或邊緣乳腺出多個獨立癌灶……

我對醫學一竅不通，被這些關於乳癌的學術論文搞到一頭霧水，不知道是甚麼意思，像很多人一樣「談癌色變」，不想再看這些看不懂的文章，搞壞我脆弱的心靈。不過，現時我是接受放射治療乳癌的病人，放射治療又是怎樣呢？再看別的專家的論文——

放射治療是一種高能量輻射，像空軍奉命駕戰機去摧毀敵人侵佔的城池，但是投彈轟炸也會殺錯良民（殺害好的細胞）。怎麼辦？科學家又研究出「應用直線的加速器」，強力的輻射線經加速後直接引出的原子速，高能量的電子速射入人體後，到達一定的深度，能量就會全速下降，像燒紅的鐵塊放入冷水中急降高溫……

以上這些科學、醫學論文搞到我頭昏腦脹，我又不是學懂了去治療病人，而是醫護人員治我的癌病，花時間、花精神看這些治癌症的論文對我有甚麼用？倒不如尋求病後對我有幫助的方法好，比如以後食甚麼東西對身體有益，做甚麼運動可以快些恢復健康……

護士叫我的姓名了。沒有親人陪我來，我把醫學雜誌、隨身攜帶的東西放入布袋中，向二號放射治療室走去。放療師照例問我的姓名、身分證號碼，核對手上的文件無異才讓我入去。他們都身穿白色工作袍，戴着口罩，難以辨認他是男是女。其實也不難，男的頭髮短，女的頭髮長，單看頭髮就能分辨男女了。而且女子戴着口罩，遮掩面孔的下半部份，只露出亮麗的眼睛，顯得更加美麗可人。

放療室中，一男一女。男的從牆邊的木架中拿出一個纖維模型放在活動牀上，讓我上去仰臥着，我的肩背跟纖維模型吻合，不寬也不窄，緊緊地承托着我的肩背，明顯是幾日前模型師傅為我製造的，這時我才知道這個纖維模型是固定我身體的作用。他們掀開我的罩袍，把一隻像我右乳的石膏義乳放在我左邊的疤痕上，我才明白日前石膏師傅為我造石膏義乳的用途。

這是我頭一次進入放射治療室，環境陌生，引起好奇，仰臥活動牀上，我的眼睛像撒網，視線向周圍搜索。

他們做完了必須做的程序，囑咐我在電療時不可活動，若是忍不住咳嗽才舉手，他們在控制室那邊看到了，會過來補上咳嗽時的時間。可見電療的時間不能多也不能少，要做到準確時間才有功效。

我說知道了。他們把活動牀推到放療機器前面，轉身去後面的控制室開電源，看熒幕。放療機器一通電就全自動運作，無須人去管控。甚麼先進的機器、電腦、機械人，醫療儀器都是人製造出來的，人反而變得被動，被機器、電腦操縱。

放療機器是一座龐然大物，安在地板上，高到天花板。它左右兩個照射鏡頭，猶如拳擊高手的左右勾拳，中間上面是一個如電視熒幕。但是在放射治療的過程中都見不到影像，不知它有甚麼作用。

放療機器開始運作了，它左右兩個像怪獸的頭顱輪流慢慢移動到我的胸前，發出嘶嘶的微響，高能量的輻射線射過我的皮層，痛擊我體內潛在的癌細胞（我見不到它發出的高能量的輻射線，想當然而已）機器一大一小的「頭顱」轉過來又轉過去，每次照射我胸脯只三四分鐘，又移開了。因為我仰臥着不可活動，不知道它移到甚麼地方去了。

每次放療時間二三十分鐘，一完成機器就停止運作。這時兩位男女放療師從後面的控制室走過來，把活動牀推離放療機器，扶我下牀，說今天電療完了，交還我記錄電療療程紙咭，說按照紙咭上的日期時間再來電療。

我謝了他們，離開放射治療室，去後面更衣室換衫，換了衫出來行幾步，卓文君剛剛到來。她頭上紮着絲巾，兩邊胸脯一樣高，明顯是佩戴着有義乳的胸罩（早兩日我帶她去加連威老道樓上店舖選購的）她走路時婀娜多姿，樣子像時下的時髦少女。若是她不講，誰知道她沒了一隻乳房、在小餐廳廚房做菜的小廚師？

她頭上紮着絲巾，可能是化療、電療甩了頭髮，紮着絲巾作掩飾，不想人家看出她是癌症病人，保持一點點自尊心。患乳癌已經不幸了，還要被無知的人視為帶菌者，內心多麼難受！其實癌症只是人體某部份的基因病變成為腫瘤，不像肺癆、痳瘋、愛滋病那樣傳染人，那些無知又自以為是的人，戴着有色眼鏡看人而已。

卓文君一見到我，就叫我鄭老師。我在學校任教時，學生見到我就畢恭畢敬叫我鄭老師，我都聽慣了，習以為常，沒甚麼奇怪。我們在候診大廳坐下，她問我是不是頭一次來電療？我點頭作答。她說，她已經電療三十幾次了，今天是最後一次，「畢業」了，以後不用來電療了。

我祝福她早日恢復健康，又提醒她要按照病歷紙的日期來覆診，注意補養身體，她會長命百歲。她非常感謝我對她的祝福和關懷，希望我做她的義姐。我說好。又問她以後做甚麼工作。她說：「我讀書少，又沒甚麼技術，只有在我爸開的小餐廳廚房做菜搵兩餐飯食，不似你有大學問做高尚工作。」

我說：「職業無分貴賤，甚麼工作都要有人做，有人做港督，有人掃街，分工合作，各司其職，社會才繁榮興旺。」我這樣說，只是安慰她。大家都明白，做港督，高高在上，管治全港市民，所到的地方，左右都有官員簇擁，諂媚奉承，市民夾道歡迎，記者採訪拍照，報紙上圖文並茂報道，多麼光彩！而掃街的清道夫，蓬頭垢面，身體髒兮兮，職業低賤，被人輕視，怎能說職業無分貴賤？

她說：「多謝你教導我、開解我。但是我沒了這個（乳房），以後不敢交男朋友哩。」

我明白她的心理，同情她，安慰她，說姻緣到了就會遇上好男子。她說：「我戴了有義乳的假胸罩，人家看不出，可以瞞着他，但是他知道了怎麼辦？」

我說：「如果他真心喜歡你，不會介意。」

她幽幽地說：「我不知道一開始就告訴他好，還是先瞞着他好？」

卓文君給我出難題了，怎樣回答她？辛文已經知道我切去一隻乳房了，他還是對我好，向我表白想恢復舊情。但別的男子的心意怎樣？先告訴他，讓他想清楚，免得他中途打退堂鼓？可是這樣做是未戰先降的表現，是下策，倒不如上陣決戰定輸贏，贏了當然好，敗了就認命。

她聽了我的意見，這樣說：「我沒有勇氣這樣做。若是中途被他知道了不要我，我受不了這樣大的打擊。」

我說：「既然你這樣想，認識他的時候，坦白告訴他，他接受你最好；不接受就算，免得以後分手大家都傷心。」

她說：「我一個女仔，一認識他，怎好意思告訴他我生癌切去一隻（乳房）？」

卓文君陷入兩難，我又沒有好的辦法幫助解決難題。她感覺無助，眼紅紅，流淚了。她從衣袋中拿出紙巾抹眼淚，去更衣室換衫等待最後一次電療。我和她都切了一隻乳房，同病相憐，大家哀傷灑淚而別。如今我上了年紀，還是獨身過日子。但我年青時曾經戀愛過，愛人又為人所愛，嘗試過戀愛時的甜蜜溫馨。我是過來人，明白少女的懷春心理，見到英俊的男子就意亂情迷，被他吸引着，留下傾慕的回憶。

我為卓文君惋惜，她年紀輕輕就被癌魔毀掉了一隻渾圓堅挺、珍而重之的乳房，害到她沒有勇氣結交男子談情說愛，難道她就沒有伴侶孤單過了此生？這可能是我的悲觀想法，但願她今後遇到一位善心的男子，給她愛情的滋潤，免得她的人生像鮮花那樣日漸枯萎，紅顏在歲月中老去。

卓文君實在太可憐了，她的媽媽早逝，爸爸、弟弟是男人，她的心事沒有人傾訴，屈在心中受苦。談話只是日常生活工作的溝通，沒有文字言辭那樣具感染力，回到家中，休息一陣，我放開心情，寫一封言詞懇切的信寄給她。信的內容大意說明，世上壞心腸的人很多，善心包容的男子也有，她會遇到不介意她身體有缺憾、有同情心的男子跟她談情說愛，給她愛情滋潤，願意同她結婚，讓她快樂幸福。現時首先要補養好身體，恢復健康；人有健康的身體才有快樂。病後要食有益的東西，放開心情過日子，不要介意別人用甚麼眼光看自己。切忌鬱鬱寡歡，愁苦會令人憔悴、容貌失色——這樣對自己只有壞處沒有好處。凡事應該向好處看，人生才有希望。保持青春活力、保持容顏美，男子看了才喜歡……現時我推薦幾樣抗癌食物給你——

1. 紅蘿蔔。紅蘿蔔含豐富的紅蘿蔔素。最好生食。
2. 西蘭花。西蘭花含有一種硫化物，刺激人體細胞中酵素的活動，有抵抗癌細胞功用。
3. 椰菜花。椰菜花含有大量硫化成分，科學家用它提煉抗癌藥物。
4. 黃豆。黃豆含有植物型雌激素，可以抗癌。多食豆腐也好。
5. 甘桔。桔、橙都含維生素C，可以抗癌。
6. 蘆荀。蘆荀對乳腺癌的療效甚好。
7. 蘑菇。蘑菇能提高人體的免疫力，可以控制癌細胞移位。
8. 薏米。薏米能壓制癌細胞增長。
9. 蒜頭。蒜頭含有蒜素，抑制癌細胞發展，抗癌功效好。

文君，你是做菜高手，炮製以上這些食物難不到你，多食有益，祝你健康快樂！

我這封信寄出第三日晚上，就接到卓文君的電話。電話一接通，她就說：

「鄭老師，我收到你的信了，多謝你在信中鼓勵我、教導我。我沒甚麼文化拿筆辛苦過拿鑊鏟，我不會回信給你，只好打電話給你。」

我說：「打電話也好，直接快捷。」

她說：「你教我食九樣食物，價錢不貴，我又識煲識煮。食了這些東西可以抗癌，你甚麼知識都曉……」

我說：「這是專家說的。我相信專家，日日都去街市買回來煮食。」

她說：「你有大學問，不像我……」

「這些事情都是從醫書、醫學雜誌上學到的……」

「我還有問題問你。」

「請講。」

「生乳癌的女人可不可以結婚？」

「只要男女雙方相愛就可以。」

「他可以同乳癌的女人親熱嗎？」

「癌症不是傳染病，當然可以。」

「生乳癌的女人可以同他做那種事（房事）嗎？」

「癌病不同愛滋病傳染人，行房沒有問題。」

「生乳癌的女人能不能懷胎生孩子？」

「懷胎時期雌激素波動，癌病可能會復發，最好避孕。」

「聽人家講，電療多了會停月經，停經還可以生子嗎？」

卓文君在電話中問以上的問題，明顯她渴望愛情，希望有朝一日能嫁人，希望能夠生孩子，做媽媽，有個幸福的小家庭。問題是，她能達到心願嗎？

我在心中祝福她如願以償。我又對她說，病後最要緊多食抗癌的蔬菜、菇類、水果，補養好身體，別的事不要想得太多，多憂多慮會損害健康。

5

我關心卓文君，當然最關心我自己。我的癌病能夠治癒才有希望，若是死了就要入焚屍爐化灰，甚麼都沒有了。將軍戰死沙場，忠臣被昏君所殺，文官殉國，能流芳百世，死也值得。我是平凡的女人，和許多人一樣貪生怕死。乳房切除了，還有後遺症，必須補養好身體，才有精力跟癌魔搏鬥，希望打贏這場仗。除了多食抗癌食物、蔬菜、水果，運動也很重要。醫生對患糖尿病的病人說，打針食藥可以控制血糖指數，堅持天天做運動大有幫助。我上年紀了，不適宜做劇烈運動，最好練習不費氣力的太極拳、太極劍或練習氣功。

我認識家居屋苑一位伯伯，他中年時就患嚴重的糖尿病，需要長期服糖尿藥，在肚皮上打胰島素針，他的身子瘦弱，清晨就去公園練氣功、耍太極拳、太極劍。如今他都八九十歲了，還很健康，活得好好。講起練劍，我想起古代的項羽，《史記》記載西楚霸王項羽年青時讀書不成，他的長輩叫他去學劍。項羽不願學，說學劍只是一人敵，沒甚麼用，他要學萬人敵。他果然練武功練到力大無比，力能扛鼎，跟漢軍打仗，無人能敵，每戰皆勝，漢軍聞風喪膽。但是他有勇無謀，劉邦反敗為勝，最後他戰敗走到烏江邊，前無去路，後有追兵，哀嘆「力拔山兮氣蓋世，時不利兮騅不逝，騅不逝兮可奈何，虞兮虞兮若奈何！」歌完拔劍自刎死在烏江邊，讓對手劉邦一統江山，建立漢朝。

前幾年我和朋友去西安旅行，在潼關的旅遊景點參觀「鴻門宴」，有武士在「鴻門宴」中表演「項莊舞劍」，表演者劍術精湛，身手矯健，他手握寶劍舞動，虎虎生風，幾次舞劍到漢王劉邦面前，想刺殺他，兇險萬分，驚心動魄。我頭一次實地看到高手舞劍，劍風呼呼，劍劍凌厲，又矯若游龍，收放自如，看得我捏一把汗，大氣也不敢呼。

我居住的屋苑社團請來一位太極師傅，在家居不遠的海心公園教街坊居民學太極拳、太極劍。我病後身體虛弱，需要做柔軟運動，求之不得，當然去跟他學。

師父說，初學者步履不穩，先學太極拳，學到基本功夫了，再學太擊劍。我當然聽他講，學太極拳。學第一堂的時候，完全不曉得舉手動腳，身子又虛弱，移動轉身都搖搖欲墮。師傅見我有點沮喪，安慰我，說上了年紀的人，初學太極拳都是這樣，練多幾堂就會有進步，不要喪氣，堅持練下去就會好。

我知道，學游泳、繪畫、書法、拳腳等等都一樣，初學者都感覺力不從心，有一種挫敗感。只要堅持天天學習，才有成功的希望。嬰兒學走路，誰不是跌倒又爬起來，跌過無數次才會走路？

星期一、三、五，師傅才來海心公園教。他的教法是「迴旋式」，學員有早學的，有初學的，無論新舊學員都同場學。人家練習時間久了，自然耍得好，我是新丁，怎可以跟老手相比？我練習了幾個月，遲來的師弟、師妹就不如我耍得好。

學太擊拳的人都有風度，無論年紀大小、資歷深淺，都稱呼對方師兄、師姐，都稱呼師傅為「師父」。師父是高齡長者，高高瘦瘦，白髮童顏，練功時步履平穩，轉身、彎腰、出手、收手、踢腳、坐馬都靈活自如，絲毫沒有老人的弱點。人家一看，就知道他功力深厚，不是一般老人可比。

果然如此，他教完拳，大家散去了，我有問題請教他，閒談間，他說他年經時體弱多病，有人建議他去學太極拳、太極劍、練氣功，他從年輕時練功至今六十多年了。他又說，他清晨去公園練功，每天都練一個小時才上班工作，直到退休才開班授徒，目的不是為名為利，是承先啟後，使太極拳、劍、氣功發揚光大。

「十年磨一劍」，已經是千錘百練的功夫了，他練太極拳、氣功長達六十多年，可以想像，其功力何等深厚！

大家一起在海心公園的場地練太極拳，有人的動作轉身越位，阻礙身邊的人，引起別人的不滿，彼此不免有意見。學員都是上了年紀的退休人士，有同聲同氣、志趣相投的學員，散場了就去茶樓飲茶，邊食點心邊論長道短，說某人窮、某人富、某女人漂亮、某女人醜陋，褒貶不在場的人，說人家的是非。被批評的人知道了，不高興，引起怨懟紛爭，甚至反目成仇，不歡而散，無法在一起練拳、練劍了。

我生毒瘤切掉了一隻乳房，佩戴有義乳的胸罩、穿寬闊的上衣掩飾，好在電療了三十次沒有脫髮，頭上不必紮絲巾。要不然，就會有人議論我是癌症病人，視我為帶菌者，歧視我。所以我守口如瓶，沒有透露自己是乳癌病人，免得被別人排擠，學不到凝神養氣、強身健體的太極拳、氣功。

太極拳源自道家。據說太極拳的始創者是張三豐，一代代流傳下來就有分支，有吳家、陳家拳法。不過，無論吳家、陳家的拳法都大同小異，萬變不離其宗。

我練了大半年的太極拳，有了基本功架，又跟師父學太極劍。太極拳是兩手空空，一招一式伸手、收腳、彎腰、旋轉都是輕柔動作。太極劍是右手握劍，左手配合身體旋轉進退，舞動時剛勁有力，運動量大，消耗體力，天氣熱時，汗流浹背。

早上練完劍回家，流汗疲累，入浴室洗面、洗身、更衣，然後飲鮮奶、食麵包。以前我和妹妹同食同住，她嫁人了，在夫家成立小家庭，我在家就孤身隻影了。我不喜歡熱鬧，沒有必要的事情要做，不出家門，有時候寫作，有時候看書看雜誌。讀書是學習、追求知識，着重精神富足，忽略了身體健康的重要性。乳房生了癌腫瘤入醫院切除醫治，才省悟要保養身體。

太極拳、氣功都是中國流傳下來的保健養生方法，中醫中藥從古至今都能治病救人。中醫西醫配合治病不是更好？

朋友連芬切了右乳房，又接受電療，她擔心癌病可能復發，食靈芝，食金錢龜，每星期食一隻。她做手術切除右乳房至今好幾年了，癌病沒有復發。是不是吃金錢龜對治癌有幫助？

她打電話給我，叫我也食龜。我說，不曉得怎樣殺龜烹龜。

她在電話中說：「你去街市買，若有貨，最好一次買幾隻……」

「一次食幾隻？」

「當然不是一次食幾隻，買回來之後，放在膠盆或浴缸養着……」

「一次買一隻不好？」

「不是這個意思，金錢龜是大陸運來的，現時很多人都知道食了牠有益、補身，人家一見到街市有就賣，時時賣斷市。所以你見到有金錢龜就買。」

「我不知道怎樣殺牠食牠。」

「你買到了，就打電話給我，我來你家教你。」

我不知道食金錢龜能不能抑制癌細胞滋生，能抑制當然好；不能抑制不是白白要了牠們的命？龜不同雞、鴨、鵝、豬、羊那樣的禽畜，飼養牠們理所當然殺了煮食，沒有人說殺牠食牠殘忍。在中國人的觀念中，龜是吉祥物，殺了牠食下肚不好，牠到底有靈性。我不忍殺牠食牠。所以這樣敷衍她：「連芬，多謝你好心關照我，我去街市買到了才打電話給你。」

看來連芬殺龜很熟悉，她在電話中這樣說：「若是我不來你家，你也可以做，殺龜很簡單，你先煮滾一鑊水，把金錢龜放入去，焯到牠拚命掙扎才放尿，若不是，牠藏着一肚尿就有腥臭味，又不乾淨。在滾水中焯死的龜才離殼，龜肉和龜殼分開了，撈起龜肉，加油鹽、調味煮，好食又補身。無教錯你，快去買。」

想到靈龜在沸水中死前的痛苦掙扎就恐怖，打消了吃金錢龜的念頭。曹操的《神龜雖壽》說「神龜雖壽，猶有竟時」，「龜」之前冠以「神」，神龜為神明。龜雖然長命，始終會死，但牠是自然死的，不是人把牠放入滾水中活活焯死的。

生病服中藥，有人說好，有人說不好。孫中山先生年青時在中西書院（香港大學前身）習西醫，學成後曾經在澳門、廣州開診所行醫，他晚年患肝癌，不肯服中藥，拖着病軀一九二五年三月在北平協和醫院病逝。魯迅先生年青時在日本早稻田大學習西醫，他對中醫中藥沒有信心，病了也不肯食中藥，七七盧溝橋事變、日本大舉侵華前一年在上海病亡。假如政治家孫中山、文學家魯迅生前肯看中醫服食中藥，他們會不會在六十歲之前病亡？

孫中山先生棄醫從政，立志搞革命推翻滿清王朝為職志。魯迅先生是新文學運動主將，要革舊文化的命，打倒孔家店，確立新文學。他們明明知道中醫中藥有悠久的光輝歷史，華佗有辦法為曹操鋸開頭顱醫頭風，關羽中毒箭刮骨療傷，宮廷有太醫為皇帝、皇后治病，李時珍著《本草綱目》教人製草藥治病。兩位大人物就是不相信中醫，不肯服中藥，只相信科學的西醫才能治病救人。但是西醫還是治不好他們的肝病、肺病，死時還沒到花甲之年。

中國文化有王道、霸道之分。西醫是霸道，人體內某部位生腫瘤，醫生就做手術割除腫瘤，然後用針線縫合傷口，他們做的事就完成了。中醫是王道，醫師取用消解的方法，用中藥把結聚的部位打散，像大禹治水，把阻塞的地方疏通。中醫注意人的整個身體，用藥調理，固本培原，恢復生機。

有人撞斷手骨腳骨，去醫院看骨科，醫生一是割開傷者的皮肉，像做機械一樣在骨頭鑲鋼板上螺絲，然後縫合傷口，一是在傷患處打石膏，讓骨頭慢慢生埋康復。但是這種方法有後遺症，不能像原來那樣靈活自如了。

中醫對骨折者取用「跌打」的方法治療，醫師先按正斷裂的骨頭（這時傷者會非常痛楚）在傷患處的皮外連續幾日敷上搗爛的生草藥，讓藥力沁入筋骨，幫助斷裂的骨頭慢慢生好。過了一段日子，骨頭生好了，就會活動自如，看不出傷者的手腳曾經跌斷撞斷過，比西醫在骨折處鑲鋼板上螺絲好得多。

有人撞傷了心肺，當然不能為傷者敷山草藥，是煲跌打藥湯給傷者飲，去瘀散積，恢復健康。

時至今日，癌症還是不治之症，城中有名人富翁患癌病，西醫屢醫無效，束手無策了，不惜數十萬重金去大陸聘請氣功大師來他們家，像武俠小說那樣發功治病。氣功大師還說，在病人身邊發功治病只是小兒科，有些超級氣功大師說，病者匯一筆錢給他，錢到他的手了，他在上海發功來香港就可以治好你的癌病，比隔山打牛還厲害千萬倍！那些名人富翁為了保命，還是抱着不妨一試的希望，匯給超級氣功大師一筆巨款，結果當然金錢落入他的袋，自己還是死於癌病！

我們的太極拳師父練氣功六十多年，功力深厚，慈善社團給他少少車馬費請他來的，他不收我們學員分文，盡心盡力教導我們。他練了逾半個世紀太極拳、氣功，從不敢以氣功大師自居。他說，當年他的師父教導他練功，他有深厚功底了才敢應聘來教我們，不為名，不為利，目的只是讓太極拳、太極劍、氣功一代代流傳下去，發揚光大就好了。

他老人家姓吳，我們學員都不叫他「吳師父」，省去「吳」字，只叫他師父。他說，練太極拳、太極劍、氣功，只是強身健體，沒有發功為別人治病這回事，千萬不要相信那些「氣功大師」吹牛，上他的當。發功為別人治病，是武俠小說家憑空想像出來的，其用意只是引人感覺神奇好看，嘩眾取寵，看他寫的書、買他的書而已。

我跟師父練太極拳，繼而練太極劍，再練氣功。太極拳、太極劍都是一招一式的踢腿、轉身、進退舞動，大家都學得到。氣功也有動作，而動作中配合運氣，動作有形，運氣無形，一呼一吸只在腔肺、丹田中吐納，只有練功者自己知道。「氣功」主要是運氣，運氣吐納若是不正確，效果就會打折扣，沒有好處。所以練氣功時必須集中精神，不可分心，注意吐納調節得宜才有效用，否則會有反效果。

我的性情喜歡思考，想這樣想那樣，練氣功時往往想到別的事情，分心走神，效果不好。氣功一套二十四式，最後一式是「入氣百會」，練的時候，整個人都要身心放鬆，心無雜念，站立着由丹田一下一下慢慢呼氣，像老僧入定合上眼皮，慢慢舉起右手落下左手，再舉起左手落下右手，重複同樣的動作，由丹田呼出的氣在身體游走，直達頭頂，貫通「百會穴」。這個招式表面看簡單，愈簡單的事愈難做得好，對我而言，就無法完全領會，只是一知半解跟着師父做。那些自稱氣功大師的人，我不知道他練不練得好，可能比神仙還有能耐，不然，他怎可以像武俠小說中的武林高手發功治好癌症病人？！

太極圖中像兩條顛倒的魚，一條黑一條白，合起來是一個你中有我我中有你的圓圓圖像，象徵陰陽調和。太陽剛烈是陽，月亮柔和是陰；男人剛強是陽，女人嬌柔是陰，男女交媾時，兩人摟在一起，像太極圖中的兩條魚，你中有我我中有你，陰陽調和，達至完美和諧。

我沒有嫁夫，沒做過牀第之事，缺乏陽氣調和才患乳癌？那麼，連芬年紀輕輕就前後結過婚兩次，頻頻和丈夫交媾，足夠陰陽調和，她不是又患乳癌？所以我的推論不對，醫學書報也沒有這樣的結論。據我所知，我的祖輩都沒人患乳癌，我的祖母、母親都是高壽而死。

患乳癌是不幸的疾病，失去一隻乳房不說，可能命也不保。不過，因這場病，增加我人生的閱歷，對生命有了新的認識，見識醫院的布局和各種醫療設備，遇到不少好的醫生護生，在病房、候診大廳認識同病相憐的病友。最意想不到的，是在放射治療室門前再遇到失去聯絡三十年的故人司徒珊。原來司徒珊的子宮生了毒性腫瘤，切除了子宮又要來威爾斯親王醫院化療、電療，若不是，可能我此生也見不到她。

司徒珊年輕時是我的好友也是我的情敵，如今大家上了年紀了，世事人事變幻無常，她的子宮生腫瘤到了第四期才發現，做手術切除子宮也沒用，因為癌細胞已經移位擴散到身體內別的部位去了，她還可以活多久？

事後回想，我不應該在她病入膏肓這樣刺激她：「你雖然得到辛文，但你只得到他這個人，得不到他的心，他根本不愛你！」

事情都過了幾十年，一切已成定局，何必還恨她？但是狠毒的話已出口，收不回來了。

辛文來我家探望我的時候，他說司徒珊在威爾斯親王醫院遇到我，情緒低落，食不下嚥，夜晚經常失眠，過了十多日，她的兒子女兒兩兄妹回來接她去倫敦醫病了。

我知道，她很愛辛文，一直都不願離開他，是不是我當面數落她、刺激她才放下辛文去倫敦醫病？若然是，那是我不對，我對不起她。

司徒珊去了倫敦，辛文曾經來聖雅各醫院探望我兩次，我出院回家了，他又來我家探望我一次，見面時他關心我、安慰我，真情對我好。但是我在威爾斯親王醫院接受放射治療完畢至今幾個月了，他沒有再來我家探望我，也沒有打電話給我，是甚麼原因？

我十分懷念他，打電話去他家，沒有人接聽。我很擔心，不知道他的生活情況怎樣了。

我打電話給明訓（我妹妹），才知道司徒珊在倫敦病重，辛文三個月前已經搭航機飛去倫敦了。他的太太病重，是壞現象，辛文當然要在那邊照顧她。

司徒珊病重，是不是病危？如果她死在那邊的醫院，她的遺體怎樣處理？運回她的出生地香港？在那邊火化、帶她的骨灰回來？還是埋葬在那邊永遠都不回來？

某日晚上，我正在家中食晚飯，接到辛文的電話，他說，他剛剛從倫敦回來，甚麼都不理，最關心我的病情，問我的病好了沒有，精神好不好？我說，我在威爾斯親王醫院電療了三十次，精神胃口都不錯，現時在公園跟師父學太極拳、練氣功，身體康復得好快，不必擔心。他說：你病癒了就好。我說：司徒珊的病好了嗎？他說：我去到倫敦，她正在醫院治療，但是癌細胞早就擴散，醫不好，死了。

我非常難過，不知道說甚麼好。司徒珊年輕時用卑劣的手段奪去辛文，我一直耿耿於懷，不肯原諒她。如今她病亡了，我很內疚，時間過了幾十年，大家都步入老年了，還有甚麼看不開？那天在醫院地庫的放射治療室門前遇到她，我一時氣上心頭，數落她、刺激她。或許因為這件事，她心灰意冷，才留下辛文不理去倫敦治病？

辛文見我不說話，他在電話中說：「明天我來你家見面再談，你保重，拜拜！」

他剛從倫敦搭十幾個鐘頭飛機回來，當然疲累，他回到家中甚麼事情都不做，就打電話來問候我。我好感動，幾乎落淚。

卷三

求不得

1

有幾次，我吃飯的時候，肉類、硬的食物嚼不爛，在喉嚨卡住，不上不下，想吐出來又吐不出，費了很大的力氣才勉強吞下肚。聽別人說，人的年紀大了，食道的肌肉收窄，很多老人都有這種情況發生。但是我只有五十多歲，並不老，而且我的身體高大，虎背熊腰，精神好，做事跑步都沒有問題，就不大在意，沒去理他，照常上班工作，平時吃飯慢嚼慢嚥就是了。

但是吃東西卡喉的情況時有發生，不去求醫檢查不行了。我去聖母醫院檢查糖尿病時，將我吞咽有問題的情況告訴醫生，他說，吞嚥出現問題，不可輕視，可能是喉嚨生了腫瘤，他寫文件給我去排期照內窺鏡。

腫瘤，若是生在身體外面，看得到，而人體內的心肺、肝、腸胃、子宮、食道生了腫瘤，看不到，就需要照內窺鏡尋找它的位置和大小了。

我沒有醫學知識，身體內部生了腫瘤當它是尋常事，不大着緊。其實這是我的誤解、無知。無知不是罪過，知識不是生而知之，學而後知；無知不去學習才是愚昧、犯錯，不可原諒。以前不懂的事，從頭學起吧。

我缺醫學知識，想學習，去書店買一些有關醫學的書本、醫學雜誌回來閱讀。專家的文章說人身體生腫瘤，是人體基因病變。腫瘤有良性，有惡性，癌腫瘤分初期、二期、三期、四期、末期，良性腫瘤不必急着去治理，惡性腫瘤一經發現，愈快醫治愈好，否則，癌細胞移位擴散到別的器官去，到了那時才醫治就遲了，會有生命危險。

老話說，「病從淺中醫」，甚麼病都是一發現就要即刻去求醫，或許能夠治癒。我是有病也不想去求醫的懶人。吞嚥有困難是前年的事了，那天吃一塊東坡肉，太硬嚼不爛就吞嚥，卡在喉嚨幾分鐘都吞不下去，馬上去廁所大力嘔吐，搞了十多分鐘都不能吐出來，結果費了很大功夫才勉強吞下肚。既然吞下了，過了關，就不去理他了。

早前在聖母醫院排期照內窺鏡的日期到了，我依時到達，在登記處交上我的醫療文件，坐下等候。輪到我了，進入醫療室，醫護人員問我的姓名、身分證號碼、照甚麼部位。我一一回答了，他們才把一個白色的硬膠圈放入我口中，叫我含住，讓我側臥在手術台上，校好位置了，然後把一條拇指粗的黑色膠管從我的口腔中伸入去，經過食道一直伸到胃部。

我食道中的管子連着一座機器，機器右側是個像電視機的熒幕，我食道中的情況都顯露在屏幕上，專科醫生在全神貫注觀察。

不知道何故，他們沒給我上麻藥，拇手粗的管子在我的食道中移動，我想嘔吐又吐不出，也呼叫不出聲，苦楚到幾乎暈倒！他們天天從早到晚都給病人做內窺鏡，見慣病人苦楚亦尋常，不當一回事，只說：很快就做完，忍耐一下嘞。到了這個時候，猶如上了絞刑架，不忍也要忍，只能等他們照完了拔出食道中的管子。但我已經頭暈眼花，口涎鼻涕直流，仿如從鬼門關口還陽！

照內窺鏡的過程中，專科醫生在專注觀察電視熒幕上的影像，等到照完了，我從手術牀上站起來，他對我說，我食道中的腫瘤已經潰瘍，腫瘤位置血肉模糊，照不清楚，無法判斷我的病情，需要電腦掃描配合的先進機器再照。但是聖母醫院沒有這種先進機器，醫生寫文件轉介我去威爾斯親王醫院的腫瘤科處理。

我從聖母醫院出來，想馬上搭的士去威爾斯親王醫院，看看腕錶，是下午四點十分。心想到達時，那裡的醫護人員收工了，來不及了，翌日又是星期天，腫瘤部門放假休息，最快也要第三天星期一去，沒有辦法，只好搭車回家。

這時我才後悔自己的錯失，兩年前我就發覺自己吞嚥出現問題了，沒有去看醫生檢查，搞到如今才着急。我只好自我安慰：我的食道腫瘤不一定是惡性的，要不然，拖了這麼長時間病情都沒有惡化？

星期日在家，有時間看書，因為未搞清楚食道中的腫瘤是良性還是惡性，看書寫作都心不在焉，無法集中精神工作下去。這時我才懷念吾妻司徒珊生前關心我，照顧我。她在倫敦病亡了，埋葬在倫敦郊外的墳場。她死了，我成了鰥夫，孤身一人，病了也沒有人理，沒有人商量，甚麼事情都是自己處理。

羅娜在我家打工幾十年，她大半生的精神力氣都奉獻給我們了，如今她老了，太太去了倫敦治病，有命去沒命回，她就辭工回菲律賓養老度餘生。沒了女傭做家務，甚麼事情都是我落手落腳做。

第二天是星期一，早上我在家食麵包飲咖啡，然後離家落樓下的車站搭巴士去醫院。我家居九龍市區，巴士要經過大老山隧道才到達沙田區的威爾斯親王醫院。路程雖不遠，但早上大家都要搭車返工，學生搭車上學，車站很多人在排隊候車，見到巴士遠遠駛來了，準備上車。但是車廂中的乘客滿了，人龍前頭擠上幾個人，隊伍中的人再擠不上了，沒有辦法，我們只能等待下一班車駛來。

我想：下一班車會不會滿座？人龍長長的，我們上不上得到車？我心急了，想去搭的士，但經過車站的的士都有乘客，飛一般向前駛去。搭不到的士，心急也要耐心等待下一班巴士駛來。

2

到達威爾斯親王醫院腫瘤部門，在登記處排隊十幾分鐘才輪到我。交上聖母醫院的醫生轉介信登記了，坐在候診大廳等叫名。候診大廳坐滿了輪候的病人，不知道要多久才輪到我。從手提包拿出一本書，戴上老花眼鏡，拿起夾在書頁的書籤，在停留的章節看下去。這是南美洲作家賈西亞・馬奎斯的中文譯本《百年孤寂》，早幾年草草讀過一次，感覺是一部好的長篇小說，很有印象，如今拿來重讀。書名既然是《百年孤寂》，內容自然是講一百年中發生的故事。

一百年是漫長的歲月，經歷幾代人，當然有歷史更替，人事變遷，人物眾多，沒有幾百頁的篇幅，就盛載不下豐富的內容。我懂得，小說當然有故事，但是單有故事不是好小說；好的小說必須具備好的鋪排、好的敘事技巧，當然人物的塑造也很重要——也許有人會說，這是傳統寫實小說的準則。現代主義的小說側重內心世界的真實，反對模仿自然，這類小說，晦澀難讀，考驗讀者的欣賞能力和耐力。

美國作家馬克吐溫說：現代主義文學經典是人人稱頌而沒有幾人願讀的書。

我讚同他的說法。喬侯斯的《尤利西斯》、普魯斯特的巨著《追憶逝水年華》是現代主義的文學經典，普通讀者讀不懂，不知道作者要表達的是甚麼，世上沒有多少人願意花時間讀這樣艱深晦澀的「天書」；讀了不明其意，等於白讀。

馬奎斯不為現代主義所惑，沒有追求甚麼新經典，他走自己的文學道路，取用「魔幻寫實」手法擺脫那些晦澀難懂的現代主義文學經典，給喜歡文學小說的人見到出路，從迷惘的困境中走出來，重新出發。《百年孤寂》就具備這種功能魅力，是一部意蘊豐滿的奇書，跟我國的《紅樓夢》一樣精彩偉大，百讀不厭。

很多年前就有人說，寫實小說已經到了山窮水盡的困境了，即將死亡。但是「行到水窮處，坐看雲起時」，歇歇腳再轉彎，前面又豁然開朗，出現新天地、新境界，《百年孤寂》也許就是這樣的新天地吧？

《百年孤寂》的時代背景在拉丁美洲的哥倫比亞，南美洲的自然現象，在外國他鄉的人看來是「魔幻」，馬奎斯要寫的是他熟悉的人與事，「寫實」多於「魔幻」，他曾經坦言「沒有本人的親身經歷作基礎，我可能連一個故事也不出來」。可見他的小說是寫實的。從他的創作事例看，誰敢判決寫實小說會死亡？拉丁美洲有不同種族、血統、信仰，民族多元，能呼喚出別具一格的新形式，造就馬奎斯這部別開生面的傑作……

有人叫我的姓名了，我從沉浸在《百年孤寂》中驚醒，合上書本，放入手提袋中，站起來走去××號診症室門前，護士叫我稍候。

候診大廳兩邊十多個診症室，門前寫着××號，寫着當值醫生的姓名。在候診大廳的病人聽到叫自己的姓名了，才走去那個診症室門前聽護士的指示。

過了一陣，護士開門讓我入去。醫生正在看我的病歷文件。我在她旁邊坐下，她對我說：「你在聖母醫院照過內窺鏡了，你的食道腫瘤已經潰瘍、腐爛，不知道癌細胞有沒有移位，需要再照有電腦掃描配合的先進機器，取出腫瘤的組織去化驗……」

我說：「這些情況聖母醫院的醫生已經告訴我了，他才寫文件轉介我來這裏再照。」

她戴着口罩，鼻樑上架着眼鏡，看不清楚她的真面目，看不出她的年紀有多大。不過，她的語氣具權威性，想來她是個資歷高的醫生。她說，本港幾家大的公立醫院才有這種先進的內窺鏡機器，威爾斯親王醫院有一台，因為病人太多，不是想照就可以照，需要輪候。我問她需要輪候多久？她說，照目前的情況看，最快也要輪候一年。

一年後才輪到我照？若是我的食道腫瘤惡化，癌細胞移位擴散，我還有一年壽命嗎？難道在等死？我呆一呆，問她私家醫院有沒有這種先進的內窺鏡機器？她說，聖雅各醫院有一台，收費非常昂貴。

我想，錢財身外物，性命才重要；命都沒有了，要錢做甚麼？決定去私家醫院照。我知道，私家醫院是做生意；經營醫院為的是賺錢，收費不昂貴，他們的錢哪裏來？哪裏有錢一幢接一幢擴建？哪有錢購買歐美國家的先進醫療機器？有了先進的儀器、機器，才能吸引富有的病人去他們的醫院治病，提高他們醫院的聲譽。

離開威爾斯親王醫院，去外面車站搭巴士。到達聖雅各醫院的門診部登記掛號，姑娘打電話去查問甚麼時候才可以為我照。她收了線才對我說，明天上午十時，不過，現時要入院作事前檢查、禁食八九小時，先交按金若干，再安排我入住病房。

我用信用咭在會計部交了若干按金，拿了收據，姑娘才帶我上樓入住病房。廉價病房，一間房八個牀位，牀位與牀位之間用淺色的布簾相隔，裏面一張牀，一把椅子，一個存放物件的鐵櫃子，再沒有多餘的空間。

姑娘問我要不要叫午餐。這時已過午時，我已經肚餓了，晚上又要開始禁食，就點了一客雞絲炒麵，一杯熱咖啡，一杯清茶。

這家醫院有大廚房做飯，有餐廳，飯菜即叫即做，半小時就送到病房來給我。我吃完飯，沒事做，從皮包拿出《百年孤寂》，躺在病牀上讀未看完的篇章。

這部長篇小說前幾年快速看了一次，如今有時間，逐字逐句讀，慢慢咀嚼，另有新的體會。馬奎斯是寫小說高手，他藝高人膽大，用魔幻現實寫成的《百年孤寂》，顛覆了那些缺乏內容蒼白無力的現代主義經典，成為新的魔幻現實經典，贏得世人的讚譽，奪得一九八二年度的諾貝爾文學獎。縱觀馬奎斯的小說，大都是取用寫實技法寫成的，只是加入新的元素和技巧而已。由他的創作事例看，寫實小說仍然存在生命力，怎會死亡？在各種文學文體作品中，寫實小說的讀者最多。但凡藝術作品都要有受眾，沒有受眾的作品很快就會被人遺忘或束之高閣，那些現代主義經典終會成為文學史的名詞，只供少數學院派的學者作研究。

大病房八個牀位，時時都有醫生入來看病人，有護士入來為病人度體溫、量血壓、打針、吊鹽水，病友也談話，很嘈雜。我拉埋布簾，我的牀位就變成一個小天地，外面發生的事不去理會，獨自躺在病牀上聚精會神看書，看了幾個鐘頭，終於讀完了《百年孤寂》，困倦極了才合埋書睡覺。

翌日清晨護士拉開布簾叫醒我，為我量血壓、探體溫。照內窺鏡要禁食八九小時，肚餓也不可以進食。但是我有糖尿病，太長時間不吃麵、米飯，血糖指數就下降，再不進食就會心跳加速、出汗、眼矇，甚至會暈眩。護士知道我的情況，她給我吊「鹽水」，維持我身體的正常血糖指數。護士說，將「鹽水」注入人的身體，保持養份，十幾個小時不吃飯都不感覺肚餓，能保持血糖指數穩定，不會出毛病。

到了上午十時，兩個女工來病房讓我坐上輪椅，推入電梯，去樓下的房間照電腦掃描內窺鏡。前幾日我在聖母醫院照過內窺鏡，苦楚到要死，如今又要照，猶有餘悸！好在有麻醉師為我做麻醉，他不是給我打麻醉針，只叫我張開口，向我口腔噴入麻醉藥，他邊噴邊說：「你睡一陣就照完了。」

麻醉藥有點苦，他叫我吞下肚，醫護叫我側身躺在機器旁邊的活動牀上，在我口中放入一個硬膠圈叫我含住，我很快就無知無覺了。沒有感覺是一種好的感覺，他們在我身上做甚麼事情都不知不覺了。

不知道過了多少時候，我恢復知覺了，睜開眼皮，見他們有男有女，在我面前活動。我問護士，還未為我照？她說：已經照完了。我急欲知道我食道中腫瘤的情況怎樣？她說：「內窺鏡中有手術刀，已經夾了你食道腫瘤的組織去化驗了，等化驗報告出來，情況怎樣醫生會告訴你。」

他們讓我坐上輪椅，推我回樓上的病牀，讓我吃粥、休息。

私家醫院的費用昂貴，工作效率也高，傍晚醫生就來病牀邊看我。他說，化驗報告出來了，我的食道是癌腫瘤，只是初期癌症，癌細胞還未移位去別的器官，不必擔心，醫得好。醫得好是我祈求的，我懸着的心放下來了。我前年曾經幾次吞嚥有困難，沒去求醫治療，讓腫瘤增長惡化，如果是惡性腫瘤，不是粗心大意的過失？

我問醫生怎樣醫治。他說：一是做手術切除食道腫瘤，一是接受放射治療，兩樣都可以。我問，他們的醫院可不可以為我治療？他說：可以，不過，費用非常昂貴。他建議我最好去公立醫院治療，理由是：港島的瑪麗醫院、沙田的威爾斯親王醫院都有專科腫瘤部門，設備齊全，醫生專業，而且只收一點點象徵式費用。最好的是，公立醫院會長期保留病人的病歷檔案，按時去覆診，長期跟進，直到病人的病完結。

他這樣說，是好意，我照他的意見去做。

第二天上午，護士將我的化驗報告交給我，讓我出院。我搭電梯落下大堂的會計部付清所有的費用，去配藥處領取一包藥丸，才離開聖雅各醫院搭車回家。

傍晚家中的電話鈴聲響了，我馬上去接聽，是鄭明明打來的。她說：「我打了幾次電話給你，你都不聽，不知道你發生甚麼事，我很擔心，坐立不安……」

我將我近來生病的情況告訴她。

在電話中談話，我看不到她，可是我感覺她微微嘆息，似乎有點責怪我去醫院治病都不告訴她。她說：「你兩個兒女都在倫敦，你太太又在那邊亡故了，如今只有你一人在家，生病也沒人理你。」

我說，我行得走得，頭腦清醒，有事可以自理，叫她放心。而她也曾經患癌病，應該好好照顧自己，不要擔心我。

翌日早上，我在家吃麵包，飲即溶咖啡，吃完早餐，挽起手提袋就離家搭電梯落樓，一到樓下大堂，鄭明明剛好到來，一見面她就問我急急腳去哪裏？我說，昨天在聖雅各醫院照了電腦掃描內窺鏡，拿了化驗報告，現時去威爾斯親王醫院……

她急切地問，化驗報告結果怎樣？

我說，化驗報告我看不明白。醫生說，我的食道生了腫瘤，已經潰瘍腐爛了，好在只是初期癌症，可以醫得好。

她說，她要陪我去醫院。我說，不必她陪我去。其實我口這樣說，心中就想她同我一齊去。理由是：她曾經在威爾斯親王醫院治療過乳癌，知道治癌病的程序，她陪我去，會指點我怎樣做，對我有幫助。

我同她到達威爾斯親王醫院的腫瘤部門，在登記處排隊掛了號，交上我的病歷文件和化驗報告，坐在候診大廳等叫名。她坐在我身邊，坐了三四十分鐘，輪到我了，護士推開診症室的木門，讓我入去，鄭明明也隨我進入。

入到裏面，醫生讓我坐下，他問我，陪我入來的女人是甚麼人？我正想回答是朋友。鄭明明搶着答是我太太，護士才讓她坐在我旁邊。

公立醫院的醫生不是固定的，而是輪流值班。今天遇到一位姓施的好醫生（後來我才知道他是中文大學醫學院的腫瘤科教授）他看了我的食道腫瘤化驗報告，說是初期癌瘤，不必做手術割除。若是二、三期癌症，要根治的話，必須做手術切除。他又解釋，切除食道腫瘤是大手術，手術順利也要十個小時，而且風險甚高。

「風險甚高」，意味着做手術有生命危險。我問他為何會如此。施醫生向我解釋，說人的食道不過一寸大小，裏面生了腫瘤佔的空間大半寸，首先要在胸口與頸之間割開一個孔口，才能割除食道的腫瘤，腫瘤切除了，食道就分為上下兩截，再駁回食道，就要把整個胃抽高一寸多，（食道連接胃）胃下面是十二指腸，也要抽高一寸多，是牽一髮動全身的大手術。需要做切除食道腫瘤的病人，他/她們的癌症是二、三期以上了。他又說：「你的食道腫瘤只是初期癌症，無須冒這樣大的風險做手術，做放射治療清除腫瘤就可以了。」

鄭明明馬上插話：「請問醫生，電療可以清除食道腫瘤，癌細胞都殺死了嗎？」

施醫生說：「辛文先生的食道癌腫瘤只是初期，根據化驗報告，癌細胞只在腫瘤範圍內，還未移位去別的器官，他的放療療程需要三十次，療程完了，腫瘤消失，癌細胞也殺死了。」

我說：「療程完畢，怎知道癌細胞有沒有全部殺死？」

施醫生說：「你的療程電療三十次，電療十次，放療機器就為你檢測一次，整個療程放療機器就為你檢測三次，若是癌細胞還未完全殺絕，再加長療程徹底清除。你應該放心。」

施醫生是治療癌腫瘤專家，他給我定心丸。我說，我決定不做手術切除食道腫瘤，接受放射治療。他叫護士給我一張電療療程硬紙咭，然後對我說：「你按照紙咭上的日期時間回腫瘤科部門，就有醫護指點你怎樣做。」

鄭明明前年做了手術割除乳房，又接受放射治療，她熟悉電療程序，她當然會告訴我應該怎樣做。

3

威爾斯親王醫院的大門常開，院方天天都接待川流不息的病人。患甚麼病的人都有，我的食道生了腫瘤，就成了這家公共醫院眾多病人之一的常客。放射治療部門在醫療大樓地庫，我頭一日到達地庫，在登記處辦理手續時，護士看看我的文件，說我應該上一層照內窺鏡。我有點奇怪，我已經前後照了兩次內窺鏡，又抽了我的食道腫瘤組織做化驗了，施醫生批示我來電療就可以了，怎麼今天又要照內窺鏡？我問她是不是搞錯了？她說她沒有搞錯。

爬樓梯上一層，去x光部詢問，醫護說，今天不是照內窺鏡，是在我食道腫瘤周邊打金屬釘。我說，既然要用內窺鏡打金屬釘，為何上次照內窺鏡時沒有打、要做多一次？他說，上次照內窺鏡時，醫生還未決定你做切除手術還是做電療，後來你決定做電療了，今天才要打金屬釘固定電療的位置。

在食道腫瘤周邊打金屬釘，過程跟照內窺鏡一樣，他們在我口腔噴少少麻醉藥，伸拇指粗的管子入我喉嚨，再在內窺鏡管子的小小孔口伸入一條金屬絲，我躺在矮牀上，是清醒的，看着他們做，沒感覺痛楚。

打好金屬釘了，我問他們，電療療程完畢了，要不要拔出食道的釘子？他們說，不必拔，永遠留在原來的位置。

我說，留下金屬釘子在人體內不怕嗎？他說，有人跌斷手骨腳骨，骨科醫生割開他的皮肉，鑲上鋼板，用螺絲固定，再用針線縫合傷口。鋼板、螺絲永遠留在他的身體內都不怕，幾枚細小如綉花針的釘子怕甚麼？

第三天，我依時到達醫院大樓地庫，在登記處交上我的病歷文件，坐在候診大廳等候。過了半句鐘，護士叫我去那邊模型房造模型。

我心中疑惑，造模型？為甚麼要做模型？我進入模型房，裏面仿如製造工場，一男一女在工作。他們拿一塊像纖維厚紙的東西放在矮牀上，扶我上去仰臥在上面，左右推移好位置了，囑我不可活動，過了十多分鐘，由頭到腰部的模型就做好了。我起牀，站在一邊，他們拿起模型，在模型背面寫上我的姓名、編號，說做好了，我可以走了。

後來我才知道，他們在我的食道打金屬釘子、為我做肩背部模型、在我胸口畫紅藍色橫直線條做設計圖，都是接受放射治療之前的準備工夫。

人們無論患甚麼病去看中醫，醫師只用「望、聞、問、切」的方法，叫病人伸出手腕讓他把脈，伸出舌頭讓他看，醫師把完脈，開藥單，讓病人的親人去藥材舖買藥回家，煎藥湯給病人吃。病人吃了幾次藥湯，痊癒了，算你好彩，若是病死了，去問醫師是甚麼病死的，他也一臉惘然，顧左言他答不出。

我對中醫沒有信心，生病不去看中醫，不吃中藥。西醫講科學，我相信西醫，吃西藥。

依照電療咭的日期時間，到威爾斯親王醫院大樓地庫，地庫很寬廠，裏面分門別類，有診症室、模型室、設計室、化療室、電療室。電療室分一、二、三號。我去到一號放射治療室門外，十幾個男女病人坐在椅子上輪候。電療室關上門，門頭上亮着紅燈，明顯有病人在裏面接受電療。護士叫我去換醫院提供的紫色罩袍，我換上罩袍，從更衣室出來，坐在椅上等候。

在電療室門外輪候的病人，有男有女，有老人有年青人。他/她們的神情各異，有的愁苦的，有平靜自然的，有不愁也不喜的。有人的面色灰暗，滿面病容，有人面色紅潤，不似患癌病。

我並不憂愁，以平常心面對疾病。我的食道癌腫瘤能不能治癒；醫不好死了是天意。有人年紀輕輕死亡，我好歹活了五十多歲，已經有兒女、孫子，死了也沒甚麼可怨尤。人有病痛當然不快樂，但是憂傷只會加重病情，有壞處而沒有好處，倒不如堅強坦然面對。我自問是善良人，從來不做損人利己的事，也不誇誇其談，不斷學習，腳踏實地做事，抱着盡人事聽天命的態度做人，成功固然可喜，失敗了就承受。

我靜靜地坐着，有人從放射治療室出來，去後面的更衣室換上自己的衣服離去。又有人從外面入來，把自己的電療紙咭放入前面的小窗口，像識途老馬，自動自覺去後面的更衣室換上紫色罩袍，再回來坐下等候。

時間悄悄過去，有人叫我的姓名，我站起來回應向電療室走去。醫護是女人，她穿着衣裙，上身披白袍，她拿着我的電療紙咭，問我的姓名、身份證號碼，核對無異了，讓我跟着她經過短短的甬道，一起進入放射治療室。

電療室亮着燈，後面牆邊屹立一座接近天花板的機器，機器前面一張活動牀，一位戴口罩、身披白袍的男子從牆邊的木架上拿一個纖維模型放在活動牀上，讓我仰臥在纖維模型裏。我的頭顱、肩背、臀部恰好裝在前幾日在模型房做好的模型裏面。他們解開我上身的紫色罩袍，用紅、藍顏色筆在我的胸口上畫橫直線條，直線條延伸到頸喉上。畫完了，囑咐我不可活動，然後把我仰臥的活動牀推到放療機器前面去。

因為放療時有輻射，他們離開電療室，去後面的控制室開電源，看熒光幕上的影像。放療機器由電腦操控，全自動。機器頂上有個熒光屏幕，白色，沒有影像，一片空白。機器左右是兩個像怪獸模樣的大小「頭顱」，機器開始活動了，它左邊的大「頭顱」慢慢移動到我前面，斜對着我的胸口停下來，發出嘶嘶的微響，大約十多分鐘，就向右邊移去。因為我仰臥着不可活動，不知道「大頭顱」移動去甚麼地方了，取而代之的「小頭顱」移動過來俯視我。過了一陣，「大頭顱」又移動過來對準我的頸喉停下，發出嘶嘶的微響照射十多分鐘，又向左邊移動去了。

這時那兩位醫護進入電療室，扶我起身，說今天電完了，交還我的電療紙咭，說可以走了。接着她又說，沖涼時不可洗擦胸口上的線圖，若是洗去又要畫過就麻煩了。我說知道了，會小心保護它。

電療時，我沒有看見機器發甚麼東西，也沒甚麼感覺，只靜靜地仰臥在矮牀上看着機器活動。這是我人生一次新的經歷，留下深刻的印象。

電療紙咭三十行，療程三十次，今天開始第一次，明天繼續來接受電療。我兩個兒女在倫敦，老婆前年在倫敦病亡了，我孤身在香港。我雖然患食道癌，但是精神好，有活力，做事、去醫院治病都是獨來獨往。這樣也好，沒有人羈絆，自由自在，來往自如，做自己喜歡做的事。

我在報館工作三十多年，年輕時從校對做起，繼而編文藝版副刊，又做國際版編輯，再升級副總編輯、總編輯，工作繁忙不說，人事上的糾葛更加煩惱。如今因癌病提早退休，才找回自我，有時間做心中喜歡做的事，「適得返自然」。陶淵明不為五斗米折腰，辭官歸故里，自耕而食，閒時做詩作文，自得其樂。但他兒女多，晚年貧困，食不飽，穿不暖，要親友接濟。我做了幾十年事，有積蓄，有退休金，有自置房屋，衣食無憂，比大詩人陶淵明好得多。

翌日，我依時到達威爾斯親王醫院地庫的放療科，到了一號電療室門前，自動自覺去木架上取紫色罩袍去更衣室換衫，然後坐下等待。等了一句鐘，沒有人叫名，沒有人進入電療室。為甚麼會如此？正想去查問，工作人員走來對大家說，放療機器出了毛病，需要修理，要大家耐心等待。

機器發生故障，要修理，除了等待還有甚麼辦法？我環顧一下，發現坐在椅子上等待的病人比昨天多得多。等待的男人女人，多數是病人，也有陪病人來的，表面看，不知道哪個是病人哪個不是。因為不知道要等待多久機器才修理好，彼此談起話來。有的病人坦誠，說出自己的病情，才知道他/她是甚麼器官生癌腫瘤、嚴不嚴重、要電療多少次、需不需要在電療期間又要服藥。

坐在我旁邊的男子，他上了年紀，是公務員，明年滿六十歲，打算退後拿到一筆退休金，去世界各地旅遊見見世面，過悠閒的生活，不料人算不如天算，發現肺部生了腫瘤，而且驗出癌腫瘤已經是第五期，癌細胞已經移位擴散到體內的器官了。我問他怎麼這麼遲才發現？他說，他的身體一直都很健康，沒甚麼病痛，胸部也沒有甚麼毛病，做事運動時不喘氣，似乎沒有甚麼毛病。有一晚，他側身睡，胸部被牀褥頂着，有點痛，又用手按壓，更加痛楚。翌日去給醫生檢查，進入X光室照肺，才證實肺部的癌腫瘤很大了。我問他肺部的腫瘤是不是做手術割除了？他說，已經割除了，已經化療幾次，如今又要電療。

他的身材也算健碩，他的肺癌到了第五期，曉得無法治癒了，滿面愁容，失去意志，樣子很可憐。我問他現時的感覺怎樣？他說，接受化療幾次，感覺容易疲累，沒有胃口吃飯，現時又要接受放射治療，病情更加不好。

我安慰他：「生病不要太憂愁，要堅強，不可沒了鬥志，以平常心面對，你的病會醫得好，還有好日子過。」

他嘆着氣說：「癌病是絕症，我的病不會好。」

如今醫學倡明，藥物良好，有人做手術切除了腫瘤，接受電療，癌病也會好，活到老也在世，要看各人的造化。

我說：「有病的人看得開，堅強樂觀跟癌魔搏鬥，也能恢復健康。」

他苦笑說：「你也是癌病，你樂觀嗎？」

我說：「我起碼不憂愁，照以前一樣生活做事。」

他說：「你是甚麼部位生癌、第幾期？」

我坦誠相告。他說：「你的喉癌只是初期，電療就好，當然樂觀。」

我說：「有些人一知道自己生毒瘤就害怕——這是驚死，不是病死。」

這時有人叫他的姓名，他站起來上前回應，跟醫護士進入放射治療室。明顯是放療機器修理好了，恢復操作。

大約半句鐘，他從放療室出來，去後面的更衣室換了衫，回頭經過我面前，對我說：

「辛先生，多謝你鼓勵我、安慰我，今日我的療程完了，以後不用來了，你也要保重，拜拜！」

我站起來說：「符先生，你慢慢走，放開心情過日子。祝你早日康復。」

符先生垂着頭，我目送着他向通道那邊走去。

癌症是人類的隱形殺手。癌腫瘤在人的身體內部暗暗生長，沒有影跡，沒感覺痛楚，當你發現它的時候，往往是第三、四期了。若是發覺得早，還有希望可以治癒。符先生發現肺部癌腫瘤時已經是第四五期了，叫他怎不憂傷沮喪？他說我的食道癌只是初期，有得醫，比他幸運。我鼓勵他要堅強樂觀跟癌魔搏鬥，他的病會醫得好。那是我好心安慰他、鼓勵他。看來他心中也明白。

他說他的電療療程今天已經完了，他「畢業」了。人家從學校完成學業出去，升學或就業，前景光明，健康快樂，人生充滿希望。他從醫院的放射治療室出去，可能步向死亡之路。他的父母健在嗎？他有老婆兒女嗎？若是他被癌魔奪去性命，他的親人多麼哀傷啊！我老婆司徒珊也是第四期才發現子宮生了毒瘤，無法治好死亡的，我哀傷，我們的兒女沒了母親，也痛哭流涕，傷心不已，親情多麼可貴！

放射治療和別的部門一樣，病人按照指定的日期、時間來接受電療，早來的病人電療完了早走，遲來的病人遲走，從早到晚都是這麼多病人在輪候，一直到傍晚放射治療室關門停止運作，門外才沒有病人。

我再次去接受電療，自動自學去更衣室換衫，出來時有一張椅子空着，我坐下輪候。我旁邊坐着的是一位頭髮花白的婦人，她喜歡說話，但不是胡言亂語的繞舌婦，倒像有心事要懺悔。她見我默默地坐着，轉過頭問我甚麼部位需電療，我坦誠告訴她我的喉嚨生了腫瘤需要電療。

她說，她年青時貪靚，因為她的乳房不夠大，拿錢去做手術隆胸，隆了胸就豐乳肥臀細腰，身材變得好，走路時婀娜多姿，成了惹火尤物，吸引男人駐足注目，自己非常得意。十多年後，乳房中植入的矽膠囊壞了，就要做手術割開乳房取出崩壞了的矽膠囊，換上新的，這樣搞了幾次，把兩隻乳房弄壞了，裏面還生了腫瘤，需要入醫院做手術割除，兩隻乳房都沒有了，好好的胸脯變成兩塊醜陋的大疤痕，如今舊病復發，要來接受電療。末了，她嘆着氣說：「人的面孔靚不靚是天生成的，乳房大不大也是天生成的，你去美容院整容、隆胸是違反天意，天就要懲罰你。我兩隻乳房好好的，拿錢去做手術隆胸，搞到兩隻乳房都沒有了，自作自受，唔衰攞來衰！」

她講得不錯，人的面孔漂不漂亮，乳房豐不豐滿，是天生成的。西施是天生大美人，一顰一笑都好看。東施本來就不美，她卻學西施扮作愁眉苦臉，顯得更加醜怪，令人不想看她。不是唔衰攞來衰？

我是男人，她是女人，彼此頭一次見面，她就對我講隆胸割乳房，她不怕失禮嗎？她的神經有問題？可是她說的合人情道理，似乎在警誡那些要靚不要命的女人。

醫護叫我的姓名了，我站起來回應，隨她進入放射治療室。電療的過程跟往日一樣，沒甚麼改變，電療完了就離開醫院搭車回家休息。

我的食道生了腫瘤，去威爾斯親王醫院看專科醫生、照內窺鏡、看化驗報告、接受電療、覆診，前前後後出入醫院五六十次，接觸好幾位醫生、護士、醫護、員工。在醫院工作，醫生、護士都戴口罩，遮掩了面孔的下半部份，露出眉眼。眼睛是「靈魂之窗」，女人就算臉孔不夠漂亮，眼睛亮麗也能彌補面孔的平庸。

《詩經》中的「巧笑倩兮」，可惜她們工作時都要戴口罩，看不見她們的笑容，而「美目盼兮」，左顧右盼的亮麗眼神卻表露無遺，引人聯想到她們的容貌是美艷的，個個都是佳人。

護士是白衣天使，名不虛傳，這家公立醫院的白衣天使，都態度和善，她們為病人度血壓、量體溫、吊鹽水、給病人服藥丸、打針、做醫生的助手、照顧病人，被蠻不講理的病人指責，也不發怒，不還口。她們的工作經歷和長期練習到的職業修養，我對她們服務病人的盡忠職守，衷心感謝，對醫生、醫護、員工也衷心感謝。

誰說生病不好？患病也是一種人生的經歷，不懂的事情在病中學懂，對生、老、病、死有所啟迪，學到看得開看得透，使人心靈淨化，與人為善，往後的人生態度會更好，不如意的事也會泰然面對，順其自然過日子好了。

4

吾妻司徒珊在威爾斯親王醫院的放射治療室門前，遇到故人鄭明明，她回家就將這件事告訴我，讓我回憶起我們三人年輕時恩怨情誼的往事，我有負鄭明明，她在聖雅各醫院做手術割除乳房手術時，我一知道就放下要做的工作去醫院探望她。在病房見到她，久別重逢，大家都年華逝去，「此情可待成追憶，只是當時已惘然」——李商隱的《錦瑟》我年青時讀過，沒有太大感觸，如今經歷了人生的轉折、磨練才有深刻的體會。

吾妻已死，我變成鰥失，沒甚麼顧慮了，我以懺悔的語言對鄭明明表明我的心事，希望她回心轉意接受我的愛。

她說，事情都過了幾十年，如今大家都年逾半百，步向老年了，年青時的友愛之情就當沒發生過，忘了他。

她忘得了嗎？若然她忘得了我們那段魂牽夢迴的戀情，這麼多年了，她為甚麼不嫁別人？至今她對司徒珊還不肯原諒？她一知道我的食道生了腫瘤馬上走來陪我去威爾斯親王醫院看病？

我在醫院的放射治療室接受了三十次電療，療程完了，在家休養了個多月，吃飯時吞嚥肉類沒有問題了，明顯是我的食道腫瘤消失了。我的癌病會不會復發、何年何日復發、或者永遠都不復發，誰知道呢？

鄭明明去年春季在聖雅各醫院做手術割除了左乳，又在威爾斯親王醫院接受電療，她活得好好的。她說，她康復得快，可能跟她做運動、食療有幫助。她說，她早上去公園跟師父學太極拳、練氣功。練完功回家肚餓，胃口好，多食飯菜、蘑菇、水果、紅蘿蔔等抗癌食物，增加營養，所以身體康復得快。

一般市民，早出晚歸，工作繁忙，競爭大，壓力大，沒有時間做運動，身體隱藏着各種各樣的疾病，有人肥胖，有人消化不良，有人神經衰弱。某種疾病，服藥治療都不好，要打太極拳、游泳、練氣功、做瑜珈等運動才有效，可見運動對病人恢復健康的重要。

我打電話給鄭明明，說我要去她家看她。她婉拒我，建議我去餐廳吃飯見面。何故不讓我去她家？在她家會面有甚麼不好？我不便問她，心想：去餐廳吃飯談談也好。

我在電話中說：「我來你家樓下接你好不好？」她說：「晚上七點在××餐廳見。」我說：「一言為定，不見不散。」她說：「到時見。」

我依時到達約會的餐廳，環顧一下，鄭明明還未到。我在牆邊的卡位坐下，面向門口。不多久，她從門口入來，我站起來揮手迎接她。

餐廳的顧客不多，燈光柔和，頗有情調。她在我對面下，侍應拿來兩杯水，把餐牌放在枱上。她點了肉醬意粉，一杯奶茶。我點了一客蛋白炒飯，一杯熱咖啡。

鄭明明的神態一如以往，斯文淡定，雖然上了年紀，風韻不減，圓圓的面孔，大大的眼睛，頭髮花白，眼角起了魚尾紋。在我的觀感中，她頭上班白的髮絲，眼角的皺紋，是一道美麗的風景線，是她學問智慧的展現，也是她人生歲月的留痕。

她拿着銀叉慢慢吃着肉醬意粉，食相斯文好看。她吃完肉醬意粉，拿餐巾抹抹嘴，說：「你有糖尿病，最好勿飲咖啡，勿飲糖份過多的飲品。多飲牛奶，還要做運動；多做運動對穩定血糖指數有幫助。」

糖尿科醫生曾經對我講過同樣的話，但我做不到，無咖啡不歡，猶如吸香煙的人，不吸就心思思。我唯唯諾諾地應着，說以後少飲咖啡好了。

她說：「你喉嚨生腫瘤，好在是初期癌症，電療就好了。不過，誰知道以後會不會復發？未雨綢繆，最好多吃抗癌的食物，我建議你多食胡蘿蔔、蘑菇、西蘭花、黃豆、大蒜、奇異果、橙……」

我說，橙、蘋果、奇異果我都喜歡食，用刀子切開就可以食，方便又有營養。但蘑菇、西蘭花、黃豆、胡蘿蔔都要烹煮，我不會做。

她說，胡蘿蔔最好生食，用攪拌機攪成汁，容易做又好飲。

我說，攪胡蘿蔔汁我會做，難道日日都飲胡蘿蔔汁？

她說，以前有司徒珊同你一齊生活，服侍你的起居飲食。她病亡了，如今你一個男人居住，沒有女人做家務、煮飯給你食，不如你續絃哩。

我想：續絃？你肯同我再續前緣嗎？但我不好宣之於口，這樣說：「沒有人嫁給我。」

她說：「世上女人很多，老的少的都有。找不到合適的，暫時請個菲律賓女傭做家務煮飯給你食……」

僱女傭？女傭是女人，她在家中做事，早晚對着她，會有麻煩。很多菲律賓女傭都想嫁給香港人，拿香港身分證，在這裏定居，過好日子。有些單身的男主人不會要她，有幾分姿色的，孤男寡女共處一家，說不定她會色誘懷了孕，到了那時，要擺脫她就難。我年青時，司徒珊騙我去長洲遊玩，在銀礦灣跌倒，她訛稱跌傷腳不能走動，要我揹她去度假村租度假屋休息，結果她用美人計色誘我上牀，懷上我的孩子，無奈去娶她為妻，離開鄭明明。前車可鑑，不要重蹈覆轍。我說：「我的生活簡單，有個女傭在家不方便，無意請，不曉得做家務煮飯就學做，我會照顧自己。」

她說：「現時你還是壯年，甚麼事情都可以自己做，一年年過去，你會老；老了就要有個女人陪伴照顧。」

我說：「你也是單身女人，也要男人陪伴……」

她說：「都幾十年了，我都是一個人過日子，習慣了，沒問題。你太太亡故了，沒有女人在你身邊，孤單寂寞……」

我說：「你也是孤單寂寞啊。」

她說：「我在家讀書寫作，時間容易過，沒感覺寂寞。」

我問她寫甚麼作品。她說，寫散文、詩，主要是寫小說。

我說，我沒見過你寫的書。

她說，她用筆名「若木」發表作品，也是用這個筆名出版書。

我看過「若木」寫的書，原來若木是鄭明明！她的小說題材多種多樣，技巧創新，讓我讀了印象深刻。我有一位優秀作家的朋友都不知道，如今對她更加敬愛。我說，我看過她的書，寫得非常好，我家也收藏着幾本。

她不置可否，只是微微一笑。

吃飽飯，從餐廳出來，已是黑夜，轉吹北風，有寒意。鄭明明穿的衣服不夠，打着寒顫。向前走十幾步，是服裝店，我說要買衣服，她隨我一齊入去。舖裏有女裝部，有男裝部。我去女裝部，衣架上掛着各種各樣的衣服。我自作主張為她選擇一件深色外套，為她披上，她對着穿衣鏡看看，剛好合她的身，我問她喜不喜歡？她點點頭，又除下來。我拿去收銀處付款，再為她穿上身。

她說，要還給我錢。我說，我們相識幾十年，是好朋友，這是我首次送禮物給她，難道她不領我的情？因為街上吹寒風，她才勉強接受。

離開服裝店，向前走幾分鐘，到達巴士站。我們等待十多分鐘，巴士駛來停下，我讓她上車，她回頭向我說「拜拜」。我隨後上車。她說，你我住在不同地方，不同路，怎麼你也上這架車？我說，晚上她一個女人回家不安全，我送她回家。

車廂中的座位都坐滿了乘客，我們只能在通道中站着。巴士開得快，轉彎的時候，車廂搖搖晃晃，我的身子高，一手抓着上面的扶手，一手護着她，她才站得穩。年青時，我同她戀愛，大家都自制守禮，保持距離，沒有親熱的行為，從沒摟抱過她。幾十年過去了，如今才趁這個機會借勢攬着她。她的面孔頓時起了紅暈，像少女一樣嬌羞，但是她沒有推開我的手，依然讓我摟抱着。

巴士在街道上行駛了半句鐘，到達鄭明明的居所附近的巴士站，她說到了要落車。巴士停站，我們落車。落了車，我分辨不出方向，她平時在這些街道上行走慣了，熟悉地頭，她帶路，我隨着她走，恍如她的觀音兵、保護神。

晚上的街燈幽暗，大小車輛在街道上呼呼行駛，車頭燈的光線射來射去，令人眼花繚亂。街道上人來人往，有人慢慢走，有人行色匆匆，不知道他們趕路去何處。

我和鄭明明並肩而行，轉過街口，到達她居住那幢大廈門前，她叫我留步，說大廈有保安員，陌生人不可以進入，她搭梯就可上到家門。我說，既然送她到這裏了，就送她上樓入屋。她說，不必了，叫我趁早搭車回家。

她是不想多麻煩我？不想我晚上入她的家？若是後者，她對我有戒心？不理她是甚麼意思，既然她對我說了「再見」，就照她的意願做好了。

回到家，開燈，屋中冷冷清清，自己孤身隻影，想到鄭明明也是孤身隻影。幾十年了，她都是獨居，習以為常。有時間就讀書寫作，樂此不疲。她提早退休，沒有職業上的羈絆、營役，全心寫作，才能寫出這麼多的好作品。

若然她嫁人，生兒育女，又要上班工作，公事家事都要兼顧，忙這樣，忙那樣，哪有時間讀書、思考、寫作？人生有失也有得，她失去愛情，得到的是當今文壇上優秀作家的美譽。人的一生，能夠成就某種功業，也不枉此生了。

剛才在餐廳吃飯時，我才知道她用筆名「若木」發表作品、出書，原來若木是她本人，真是失敬！當時我說，她的書我都看過，寫得很好，給我留下好的印象。寫作人，有人願意花精神時間讀他/她的作品，就是作者的知音，而我也算得上是她的知音啊。

以前空閒時間才看她的書，時間久了，記不清楚了，如今回到家中，從書架找出來重讀，溫故知新，或許有新的體會。她寫了很多好的短篇小說，也寫了好幾部好的長篇小說。她的小說，題材多樣，技巧創新，篇篇寫作形式不同，技巧不同，不重複別人，也不重複自己，非常難得。

5

鄭明明病後去公園跟師父學太極拳、練氣功，對恢復健康有幫助。她建議我也要做運動，上了年紀的人，最好不要做劇烈運動，太極拳、氣功是輕柔運動，應該學。

她告訴我，她早上去海心公園煉功。她說，海心公園原址是個小小的海島，以前要從岸邊搭小艇過去，後來政府填海造地，小島和陸地就連成一塊了。公園建在以前的小島上，地處維多利亞海港旁邊，與港島那邊的鯉魚門軍事博館遙遙相對，海峽碧波蕩漾，海鷗在海面上飛翔，漁夫在小艇上撒網捕魚，大小船隻在海上航行，上空藍天白雲，海風吹送，讓人心曠神怡，身心舒暢。

她描述這樣的美景，令我嚮往。翌日早上，我到達海心公園的太極場，站在旁邊，鄭明明和十多個上了年紀的男女在太極場上練功。師父是高齡長者，高高瘦瘦，銀髮白鬚，身穿白綢唐裝衫褲，盤腿踢腳，出手收手，轉身彎腰，舉動輕柔，掌風力透空氣，一看就知道他的功力深厚。

鄭明明說，他們的師父年輕時體弱多病，才拜師學太極拳、舞太極劍、練氣功，至今六十多年，老了還像壯年人，精神奕奕，走路時昂首闊步，非一般老人可比。鄭明明對我說，他們的師父開班授徒，是「迴旋式」教導，老手新丁都在一起練功。新人加入去，跟師兄師姐同場練功，連踢腳轉身都搖搖欲墮，跟師兄師姐無法相比。但練得久了，自然就會好。

我說，師父為甚麼不像學校那樣分初班、中班、高班教？她說，學太極拳、氣功都是上了年紀的男女，身體有毛病和退休人士，有人沒有恆心，學一兩堂就不來了，有人學到中途放棄，有興趣有毅力的練了很多年樂此不疲，堅持練功。師父取用「迴旋式」教導，有人中途不學了，就像水點一樣飛出去，新的水點加入來旋轉，人數不減。你勤學勤練就成功，不必考試平分，師父不收學費（只是慈善社團給他一些車馬費），他免費教人，只想學員承先啟後，後繼有人，把太極拳、氣功發揚光大，完全沒有名利之心。

我是大男人，擔心學得不好被別人取笑，沒有勇氣參加太極班。鄭明明說，大家都知道，任何知識都是由初學起，初時個個都要得不好，沒有人會取笑你。

鄭明明鼓勵我，我才加入太極場，跟師兄師姐一起練習。說實話，主要是她在場，有多一些機會同她在一起，不懂的招式可以跟她學，彼此接觸得多了，就會增加感情，或許會再續前緣——這是我的願望。

鄭明明佩戴着有義乳的胸罩，上衣掩蓋着，別人看不出她沒了一隻左乳房，跟兩隻乳房健全的女人沒甚麼分別。她的胸脯高高，臀部圓圓，打太極拳的時候，馬步穩，動作純熟，姿態很好看。

初時太極場上的學員見我關心她，意氣相投，以為我和她是夫婦，稱呼我辛先生，稱呼她辛太太。她即刻否認，說我們不是夫婦，只是朋友。

半年前，她陪我去威爾斯親王醫院看病，入診症室的時候，醫生問我們是甚麼關係，我正想回答是朋友，她搶先回答是我太太。當時我很驚異，她何故訛稱是我太太？看完醫生從診症室出來，她小聲告訴我，只有太太才可以知道丈夫病情的私隱，要不然，她就要離開診症室，不能幫我問醫生關於我的病情了。

由這件事看，她仍然十分關心我。一個女人關懷自己，只有母親、妻子，姐妹，她不是我妻子，如此關心我，已經超越友情了。女人對男人超越友情就好，我與她年輕時認識，有過一段戀情，因司徒珊在中途介入，同我結婚，我與她的戀情因此中斷了三十多年，司徒珊前年病亡了，我變成鰥夫，如今我們的舊情能不能恢復再續上？

6

吾妻司徒珊在倫敦的醫院治病，兒子辛梓打長途電話給我，說她的病情加深了，她好想見我。這明顯是不祥的壞消息。因此，我再次驚覺到人生無常，禍福難料，對世情看化了，馬上去任職的報館辭去總編輯職，買機票飛去倫敦。

航機飛到倫敦布斯路機場，女兒辛杏駕車來機場接我。她一見到我就說，媽媽在醫院陷入半昏迷狀態，她知道自己在世的時日無多，她的遺願死後葬在倫敦郊外的墳場。

我聽到辛杏這樣說，不知道司徒珊何故不想死後葬在她的出生地香港，萬里運她的遺體回來有麻煩？死入陰槽地府也不想再遇到鄭明明？既然葬在倫敦郊外墳場是她的遺願，我在她臨終之前再不提這件事。

辛杏熟悉倫敦的街道，她風馳電掣地開車。她為甚麼這樣急？恐怕我來不及見她媽媽最後一面？在車廂中我不說話，恐怕她分神出意外。

到達醫院，進入幾人住的大病房，辛杏帶我走到她媽媽的病牀邊，對她說：「媽媽，醒醒，爸爸從香港飛來看你啦。」

她睜開眼皮，眼睛黯淡無光，她見到我，淚水從眼角流出來。我彎腰撫摸她一下，安慰她。我在她的病牀邊坐下，她握着我的手，喘着氣說：「看來我的病不會好，我死了，你去搵鄭明明，希望你們有情人如願以償……你對她說，以前我所做的事錯了，我對不起她……」

我相信她的話是真誠的，明顯是她臨終前的遺言。她躺臥牀上，體形消瘦了大半，頭髮因早前化療、電療脫落到疏疏落落，露出頭皮。她的面色灰暗，身體跟她以前的豐滿艷麗判若兩人。我不禁黯然神傷，暗暗嘆息，一時不知道說甚麼好。她生性小心眼、庸俗、世故，有話就說。我雖然不愛她，她一直都愛護我，幾十年來都殷勤奉侍我，為我生了一兒一女，教養他們，愛惜他們，是賢妻良母。

她病到昏昏沉沉，在醫院的病牀彌留了個多月才死亡。彌留期間，我和兒子女兒輪流去醫院看她。辛梓、辛杏兄妹在倫敦讀書工作多年，他們熟悉那兒的社會情況，他們母親的身後事，都是他們作主辦理，反而我無足輕重，變成跑龍套的角色。

辛梓已娶妻，給我生了小孫子，辛杏嫁作商人為婦，生活幸福富足。我坐享其成做爺爺、外公，感覺安慰。辛梓、辛杏都叫我留在倫敦和他們一齊生活，安度晚年。我說我在香港長大、工作生活五十多年，留戀故鄉，不想移居外國他鄉，不適應西方生活。

辦完了老婆的身後事，在兒子家中住下，趁這個機會在英國各地遊覽，增廣見聞。倦遊個多月回到兒子家中，惦念着鄭明明，搭航機飛回來。

剛回到家裏，放下行李，就打電話給鄭明明，說我在倫敦買了一點禮物回來，登門送給她。她說：「你明天早上來海心公園練功，順便帶來送給我好嘞。」

她為甚麼不願讓我去她家？她一個女人獨居不想我去打擾她？怕人家誤會她招攬男人回家？她沒有嫁人，沒有丈夫，是自由身，怕甚麼？我說：「我去英國三個多月沒練習了，恐怕跟不上，練不成哩。」

她說：「當初你完全不會練，都學得好，你已經練了幾個月，有了基本功底，如今去練就接得上。明天早上在太極場見。」

在英國三個多月，我時常惦念着她，想見她，多一點機會和她相處在一起，就答應她明天早上去海心公園會見她。

翌日早上醒來，已經八點多了。起牀入浴室草草漱口洗面，穿衣，匆匆離家搭電梯落樓，搭的士。到達海心公園時，學員們已經練完功散場了，有人回家，有人去茶樓飲茶，鄭明明在太極場東張西望，等待我。見面時，我對她解釋，因為東西方時差八九個鐘頭，昨夜睡得不好，遲了起牀，錯失時間不能同她一起練功，不好意思。她說，不要緊，見面就好。

我提議去茶樓飲早茶，談談離別後的情況。她說，茶樓人多嘈雜，談話不方便，在海心公園的小食店買東西吃好了。

我們坐在公園海邊的涼亭中，邊吃雞蛋三文治邊談話。朝陽從鯉魚門海邊高高升起，陽光的熱量驅散了深秋的涼意。這個時候，英國那邊已經大雪紛飛，寒風侵肌了。那時我想起鄭明明，在倫敦的店鋪買一件厚毛衣回來作禮物。

吃完三文治，我才說送一樣禮物給她。她接了，從紙袋拿出來，我幫她穿上，剛好合身，很好看。她笑笑，謝了我，沒有除下來，明顯合她的心意。

鄭明明知道我的心事，希望跟她再續前緣。但她這樣說：「你太太病亡不久，屍骨未寒，這件事過了一段時間再講。」我想起吾妻臨終時的話：希望你們有情人如願以償……

我向她轉述司徒臨終時的話，希望她不要辜負司徒珊的好意，接受我。

她說：「我都一把年紀了，要考慮。」

我說，我等待她的好消息。她說：「你不一定等得到。」

我說：「等不到也要等。」

卷四

三危山佛光

1

我在報館工作三十多年，初時從校對做起，繼而做文藝版編輯、港聞版編輯、副總編輯、總編輯。總編輯的權力地位僅次於老闆（社長）之下所有工作人員之上。職位高，責任當然大，遇到國外國內發生大事就要爭取時間最快報道，如何起標題，執筆撰寫社論，觀點必須中肯持平，拿捏得好，才能以理服人，贏取公信力。要做好這件事並不容易。

多年來，在報館的工作繁重，壓力大，花在工作上的時間多，關顧家庭的時間少，冷落了妻子司徒珊，她以為我在外面有了別的女人，所以她無論在學校教書還是在家中都不安心。我知道，她好愛我，愛得很深，醋意就重，我的言行舉止她都留意，偷偷聞我身上有沒有別的女人的體味，衣服上有沒有別的女人留下的毛髮，面頰上有沒有別的女人的唇印，蛛絲馬跡她都疑心，唯恐我有婚外情。

她知道，我深愛鄭明明，不會忘懷她，可能聯絡上久違了的她，留意我們之間有沒有書信往來，總是疑神疑鬼。我說：「我不知道她身在何處，你有本事就給我找到她。」

她早上回學校工作，我午後才去報館做事，直到凌晨才回家，她已在牀上呼呼大睡，我沖完涼上牀驚醒了她。她的性慾甚強，幾乎夜夜都要我親她同她做愛。我們住大房，她睡眠的時候，脫光衣服，用一條大毛巾掩蓋着身體，我一掀開毛巾，她就赤身露體了。牀頭的小燈吐着微微幽光，拉埋窗簾，頗有情調。她仰臥席夢思牀褥上，鳳眼迷離，享受性愛，時不時發出咿咿呀呀的呻吟聲，直到我的精力耗盡無法動彈，她才罷休。她有一種想法，她必須用肉體「餵飽」我，讓我在性慾上滿足了，才不會在外面搞女人。

她的面孔漂亮，胸脯大，臀部渾圓，十分性感，我騎在她身上的時候，她的眼睛半開半合，高潮一次次如浪湧，面形扭曲，發出哦哦的淫浪聲。她的動作、呻吟聲都發自內心，舒服自然，不似假裝取悅我。

我跟她結婚不滿一年，她就生下雙胞胎（辛梓、辛杏），決定用子宮環避孕，不再生孩子，原因是多生孩子身體會變形，失去天生的美態，我不再喜歡她了。

她想不到，她不再懷孕，子宮卻懷上毒腫瘤，癌症治不好，客死在英國倫敦，埋骨異國、長眠他鄉。

2

鄭明明患乳癌切掉一隻乳房，手術後接受放射治療，癌病沒有復發。她早上在海心公園打太極、練氣功，身體康復了，精神很好，我聽她的勸告，也去海心公園跟她一起打太極。說實話，她不叫我去，我也想去，因為在太極場一起練功，可以天天見到她，親近她，或許她會回心轉意，跟我恢復年青時那段戀情。

我在報館做總編輯的時候，工作頻繁猶如打仗，因司徒珊和我都患癌症，提早退休，從職場退下來，可以自由自在過日子，做自己想做的事情了。人生苦短，誰知道我的食道癌病會不會復發、像吾妻司徒珊那樣死去？以前為了生活養家活兒，工作營營役役了幾十年，像牛馬一樣被工作推着走，無法停下來。

老婆死了，我患食道癌，才深刻體會人的生死無常。人要身體健康才會快樂；身體不好、精神不佳，一切都是枉然。鄭明明說，癌症病人食用抗癌的東西重要，做適當運動也重要。她又說，人上了年紀不宜做劇烈運動，最好做輕柔運動。所以她打太極拳，練氣功。

在海心公園的太極場練功，認識幾位師兄師姐，大家混熟了，略知彼此的生活情況和興趣。意氣相投的，就有共同語言，談話投契，有人喜歡旅遊，曾經去過不少地方，見過不少事物。退休的，沒有工作的羈絆，不受時間限制，拿着旅行證件，想去甚麼地方都可以。

鄭明明也喜歡旅遊，以前她和她的朋友結伴去歐洲、埃及等國家旅遊，也去中國大陸各個城市遊覽。太極友中，文太太是畫家，她家中有很多畫冊，其中有張大千臨摹榆林窟的唐人壁畫吉祥天女像、莫高窟的唐人拾天女像。

中國最著名的是雲崗石窟、龍門石窟、麥積山石窟和莫高窟。莫高窟在甘肅省敦煌城外，大小石窟幾百個，歷史悠久，是聞名世界的藝術寶庫，很多歐洲人、日本人都慕名而來，實地觀賞。

我早就想去河西走廊遊覽了，主要是莫高窟。文太太以前去過，印象深刻，事隔多年，如今她也想去。我們三人都同意了，就準備行程，去航空公司訂購機票。

去機場的時候，大家約好在鄭明明家中會合。我到達她家時，除了文太太，還有一個女子，她年輕美麗，短髮，瓜子臉，眼睫毛黑而長，眼睛明亮，胸脯高高，臀部渾圓，動作敏捷，具少女活力。鄭明明為我們作介紹，是她的義妹。叫卓文君。我向她伸出右手，她靦腆地笑笑，想跟我握手，但她的手指只碰到我的手指就垂下了。她的手掌粗糙，一看就知道她的手平時做粗活的。

卓文君不好意思看我，樣子有點虛怯，不敢說話，明顯沒有社交經驗，沒見過世面。我以為她來幫鄭明明打理家務的女工，但大家拖着行李篋離家搭電梯落樓，電召的的士已經在大廈門外等候了。她把行李搬上車尾箱，跟我們一起上車。她們三個女人坐在車廂後排，我坐在的士司機旁邊。的士司機熟悉街道，直奔機場。

在機場辦理登機手續、寄行李的時候，卓文君緊隨着鄭明明，一步都不敢離開她，明顯她從沒踏足機場、沒搭過飛機。

我們的機位是「經濟位」，每排十個座位，左右的窗口位都是三個，隔着通道，中間每排四個座位，我們四人的座位相連，一字排開，文太太坐靠左邊的通道，鄭明明、卓文君坐中間，我坐靠右通道邊。

鄭明明幫卓文君扣上安全帶，她自己才扣。卓文君沒坐過飛機，感覺機艙的一切新奇又陌生，飛機在跑道上快速奔跑向上空攀爬，人就身處於天空上了。此前她見過飛機在藍天白雲上飛行，就希望自己有機會搭飛機去外地遊覽。如今她真的得嘗所願了。

鄭明明對我說，卓文君童年時就喪母，她的父親再娶，後母當她是奴婢一般使喚，要她去她爸爸開的小餐廳打下手，在廚房洗菜、洗碗碟、拖地板、幫廚師炒菜，沒有機會入學校讀書，沒有知識……鄭明明是在威爾斯親王醫院的放射治療室門前認識她的，她年紀輕輕就患了乳癌，切除了一隻乳房，因此她擔心再沒有男人要她了，非常傷心頹喪。

「她太可憐哩。」我說。

「若然有男人愛她給她溫情就好哩……」

「她的癌病治好了嚒？」

「現時好了，誰知道以後會不會復發？因為她要在她爸爸的餐廳做工，像困獸一樣，沒有機會外地遊覽，我同情她、可憐她，我們一決定去河西走廊莫高窟旅遊，就打電話給她，問她跟不跟我們去。她聽了非常高興，說要同她爸講。我問她，她爸准不准她去？她說，如果她爸不准她去，她就威脅他要離家出走，以後都不回來了。她這一招很有用，她爸爸讓步了，還給她錢使用。」

航機飛到半途，卓文君說，不能落地去小解，怎麼辦？鄭明明說，機艙中有廁所，起身帶她去。小解完了，她們在那邊的玻璃窗口向外望，外面上空藍天白雲，下面隱約見到山川河流。鄭明明說，地上那條彎彎曲曲的河流，是黃河，它的源頭在青藏高源，流經幾個省份，到達山東省才流入黃海。

飛機降落蘭州機場時，已近黃昏了。我們在關卡讓關員檢查了證件，出到外面，就僱車去酒店。四個人租了兩間客房，她們三個女人住一間，我是男人，住一間，兩間房毗鄰，一牆之隔，分而治之。

放下行李，關上房門，大家就去外面街上尋找餐廳吃飯，我們在一張小圓枱坐下，點了幾道大西北風味小菜，仿如圓桌會議，談起話來。我和文太太、卓文君是頭一次同枱吃飯，因為大家在海心公園的太極場練功幾個月，混熟了，是好朋友，吃飯時比較隨便，只有卓文君顯得拘謹，不好意思夾菜吃。我問她，這些西北菜是不是不合她的口味？她的面孔紅了，說喜歡吃。我夾一塊黃河鯉魚肉放入她的飯碗中，她忙不迭說多謝我。低頭吃飯。

文太太的丈夫在九龍新界出生長大，據說他是南宋忠臣文天祥的後人。他早年去北京美術學院習國畫，認識文太太，兩人戀愛，婚後申請來港定居。文先生在北京憑人脈關係，收藏一些古代珍貴的書畫來港販賣，利潤豐厚，發了財，有了錢買樓置業，送兒子去英國留學。可惜文先生十多年前患病死了，留下樓房財產給文太太。

文太太的丈夫死了，她成了寡婦，她寄情於書畫藝術，觀賞莫高窟的壁畫，頗有心得，如今她已年逾花甲了，因為勤練太極拳、氣功，身體健康，活力充沛，一點不似老婦人。她為人樂觀、健談，沒有機心，甚麼都對朋友講。

我就是喜歡像她這樣心直口白的人。我對書畫認識不多，有她帶領我來河西走廊遊覽，可以預料得到此行會增加不少歷史和佛學知識。

我們食完飯菜，伙計送上一盤黃河蜜瓜。蜜瓜切成片，皮青肉黃，引起食慾。我拿起一片咬一口，肉質爽甜，汁液沁人心脾，比純正的蜜糖更清甜。黃河邊出產的蜜瓜美味真是名不虛傳，若是沒來河西走廊旅遊，可能沒有機會吃得到。

3

從餐廳出來，天已黑了，我們初到貴境，人生路不熟，不便在街上行走。回到酒店，上樓，鄭明明、文太太、卓文君三位女人入她們的客房，我一個人入自己的客房。我不知道她們在隔鄰房做甚麼事，我就入沖涼房洗面洗身，換了短衫短褲，躺在牀上看文太太借給我的畫冊。畫冊都是莫高窟的臨摹壁畫，日本出版，印刷精美，極具觀賞價值。我慢慢翻閱，心想：有了初步認識，往後去到敦煌莫高窟實地參觀會有幫助。

燙金硬皮的畫冊厚厚的，大小圓片幾十幅，畫頁下面有少許文字作注解，引導觀者了解畫像中的意思。在我的想像中，菩薩的姿態面貌都是莊嚴的——寺廟中的佛像都是如此。一頁頁翻閱下去，其中一幅吸引着我的眼球，靜靜地觀看。

眼下這幅畫像與別的佛像完全不同，叫「歡喜佛」。畫像是男女雙體的，男女都是裸體，雙體摟抱，相合為一完人，相抱於蓮花盤上。男性代表方法，女性代表智慧，表示方法與智慧圓滿合一，是快樂與信念的象徵，不是男女的淫樂。

我是凡間俗人，看了這幅裸體男女相抱的歡喜佛和注釋文字，茅塞頓開，慾念頓時煙消雲散，驚嘆男女裸體歡喜佛教義的奧妙。

房門忽然開了，有人進來，我抬頭看看，是卓文君。她輕輕走動，像幽靈一樣站在我牀前。她身穿睡袍，薄薄的睡袍掩映着她的胸脯，左邊胸脯卑微地平坦，右邊傲慢地隆起，高低不對稱。

我問她深更半夜到來甚麼事？她滿面紅暈，低聲說過來陪我。

「是她叫我過來陪你的。」

「甚麼意思？」

「她說你一個人寂寞……」

「文太太知道你過來嗎？」

「她睡熟了。」

她一個少女，鄭明明叫她過來甚麼用心？她要試探我是個怎樣的人？

卓文君在我牀邊坐下，伸手摟抱我，我閃避她：「不要這樣。」

她嗚嗚地哭了，氣若游絲說：「連你都不要我……」

我拍拍她的肩膀以示安慰，說我已經知道她的情況了，可憐她，同情她，愛護她。

她說：「你真的愛我？」

我說，我已經五十多歲了，做她父親卓卓有餘，我愛她不是男女之愛，是一種父愛。又說，她有甚麼困難憂慮就對我講，我會想辦法幫她。

她說：「我沒有別的憂慮，只想有個男人愛我、娶我。」

我說：「你只有二十多歲，是青春少女，又靚身子又好，會有男子愛你。」

她感懷身世，悲從中來，流着淚說：「我身體有缺憾……」

我說：「你的情況鄭明明告訴我了。你的身體只是小小的缺憾，有人聾啞，有人跛腳，都有男人娶她。姻緣到了，也有男人愛你，同你結婚。」

她說：「如果你還後生，又知道我切了一隻乳房，你會中意我嗎？」

我說，不止中意她，還會同情她，同她一齊生活到白頭到老。

她淚水汪汪，抬起頭說：「真的？」

我說，當然是真的。

她說：「如果是這樣，我會服侍你到老。」

我說：「可惜我老了，你後生，我配不起你。」

她說：「我知道你心中只有鄭姐姐。」

我說：「可惜她心中沒有我。」

她說：「你誤會哩。我知道她的心意，她說，你太太過世不久，你要等待啊。」

我想：鄭明明心中還愛我，為何夜闌人靜又叫卓文君過來陪我？想試探我對她是否一心一意？不管怎樣，我都不可佔卓文君的便宜。這樣對大家都不好我扶卓文君下牀，手指觸到她的肩膀，感覺她的身子像觸電一般震顫一下。我鬆開手，對她說：「你回那邊房去，遲了文太太醒來知道你過來陪我不好。」

我送她出房門，通道有燈光，見她在鄰房用鎖匙開門入房，我才安心。

4

第二天傍晚，我們到達敦煌。我們是從蘭州搭火車來的。火車在河西走廊向敦煌方向奔馳，在車窗向外眺望，有時經過綠洲村鎮，有時候出現黃土沙漠。左面的祈連山，連綿不斷，遠在天際。唐代的太宗皇帝，需要抵禦胡人，把河西走廊劃分為肅州、瓜州、甘州、沙州、涼州，派軍人鎮守。現今的武威、張掖地區古時屬涼州。涼州詞流傳至今：葡萄美酒夜光杯，欲飲琵琶馬上催。醉臥沙場君莫笑，古來征戰幾人回？

火車每到中途站都停車，有人落車，有人上車。不知道甚麼原因，酒泉站比別的站停留的時間長。卓文君沒甚麼知識，又未出過門旅行，在香港見到的都是高樓大廈，身處石屎森林中，街道上大小車輛呼呼行駛，人群匆匆行走，眼花繚亂，如今來到如此的荒漠遼闊大地，一新耳目，驚嘆世界之大。

她問我，這個地方為甚麼叫酒泉？是出酒的泉眼嗎？我說：漢朝有個將軍叫霍去病，有勇有謀，他帶兵在這裏跟胡人打仗，每戰皆勝，把敵軍趕出關外，立下戰功，皇帝派人送幾埕酒來慰勞他。他對手下的士兵十分關懷，要和所有士兵同飲。但是朝廷派人送來的幾埕酒不夠飲，大將軍霍去病就把幾埕酒倒入一個水池中，大家就拿碗去水池舀滲了酒的水飲，後人就叫這個地方做酒泉。

卓文君見我肯教她知識，很高興。她說：「我看電視新聞，中國政府在酒泉發射火箭，就是在那個酒池中發射的？」

我說，大將軍霍去病倒燒酒入那個水池中，已經是二千多年前的事了，如今那個水池是不是被黃沙填平了不知道。發射火箭基地在酒泉地區，才叫酒泉發射場。

卓文君問我現時去敦煌參觀甚麼？我說，敦煌只是一個小城市，城外有個地方叫莫高窟，洞窟中有各種各樣佛像，有歷史文化價值，我們去那裏實地觀賞。

在火車車廂中，她坐在我旁邊，她不曉得的事就問我，我也樂意解答她。她很高興，視我為師長。文太太對她說：「辛先生見多識廣，有學問，又肯教人，你認識他有好處的。」

卓文君的臉紅了，說：「我爸要我在他的餐廳幫手，沒有機會入學校讀書，沒有知識，甚麼都不曉得，希望你們多多指教我。」

火車到達敦煌站，我們一踏出車站，就見到街道上的電燈柱上飄揚着彩色的飛天旗幡。我們初到此地，人生路不熟，大家拖着行李箱急着去尋找旅店。

敦煌是古代漢人通西域的商品轉運站，商務頻繁，人來人往，喧嚣熱鬧。城外的莫高窟，如今成為中外人士的觀光遊覽景點，名聲顯赫，城中的旅館、酒店很多。華燈初上，招牌亮麗，我們很快就找到一家好的賓館。

敦煌位處大西北，地廣人少，酒店不像香港那樣向高空發展，都是幾層高、客房大，最好的是，有些特別客房，房與房之間有小門相通，租用一個房可以，租兩個房也可以，我們男女四個人，租用兩間房，隔牆的小門可關可開，方便我們相通，像一家人那樣聚會。賓館的底層，有小賣部，有自助餐廳，不必去外面的飯店用膳，住在裏面，真是賓至如歸，有溫馨的感覺。

吃完晚飯，我在小賣部買一本莫高窟指南、一張敦煌地圖，明天就可以按圖索驥去莫高窟參觀遊覽了。而且文太太多年前曾經來敦煌遊覽過，如今她舊地重遊，猶如識途老馬，充當我們的嚮導，再好不過了。

在客房的衛生間洗面洗身之後，沒事做，大家就坐在一起閒聊。文太太年輕時在北京藝術學院習畫，對莫高窟的壁畫素有研究，相信她的知識不下莫高窟的講解員。

我和鄭明明對莫高窟的佛像壁畫都有興趣，不知道卓文君對這次旅遊怎麼想，鄭明明為甚麼叫她跟我們一齊來？

我說：「寺廟各種佛像中，我最喜歡那尊微笑的彌勒佛。」

文太太的表情不以為然，她說：「那尊大肚佛，很多人都說他是彌勒佛，其實並不是，是布袋佛。他成佛之前是布袋和尚，無論他外出做事或化緣，前後左右都掛着布袋，他偶然悟道，即刻放下那些布袋，口中沾一偈云，『左也布袋，右也布袋，放下布袋，何等自在』，後來有人稱他為自在佛。」

我說：「大肚佛滿面笑容身邊還有一副對聯：大肚能容天下難容之事；開口常笑笑世上可笑之人。」

文太太說：「這副對聯當然是後人為他寫的。」

鄭明明說：「佛家說的『放下自在』，可能就是從布袋和尚這件事得來的。既然大肚佛不是彌勒佛，那麼，彌勒佛又是怎樣的？」

文太太說：「彌勒佛的面相莊嚴，不微笑不肥胖，盤腿而坐……」

鄭明明說：「莫高窟中有沒有彌勒佛像？」

文太太說：「有。在第××號石窟面壁修禪。但有時候那個洞窟不開放，想看也看不到。」

我們看過莫高窟的佛像畫冊，聽了文太太的解釋，有概念了。我們搭飛機搭火車，辛辛苦苦來到敦煌，就想快些去莫高窟實地觀賞。

5

莫高窟前面是個高大的門樓，穿過門樓是一處長長如馬路的平地。這條長長的平地，古代是一條叫大泉河的河流，年深日久，大泉河被鳴沙山、三危山的流沙填平了。舉頭向上望，眼前是長長的懸崖，左邊的山崖上面露出紅牆綠瓦、飛簷吊角的屋頂，看來必然是洞窟上的寺廟。由那寺廟旁邊向西，就是一個接一個的洞窟，據說這些大大小小的洞窟幾百個。

從地面攀爬幾十級石階，才爬到洞窟門口。遊客到了一定的人數，女導賞員才打開洞窟的鐵門、開燈，向遊客解說，正壁是甚麼佛像，南壁、北壁的浮雕是甚麼意思。她講解完了，你聽不聽得懂都要退出來，她鎖上門了，大家又去右邊的洞窟等待她來，開門講解。

不知道甚麼原因，有些洞窟不開放，門關着，我們經過洞口時，只能望門興嘆，不知道洞中是甚麼內容。女導賞員對我們這些普通遊客，沒有好臉色，她導賞的時候，只是照例走過場，到了規定關館的時間，就收工回家，算完成一天任務。個多小時，我們十幾個人跟着她觀賞三十多個洞窟，仿如走馬看花，看到一頭霧水，我想看的壁畫一個也不到。我一直都盼望能看到男女裸體相抱的歡喜佛像。在我的觀感中，佛像都莊嚴、俯首低眉、面相慈和。觀世音菩薩慈悲為懷，普渡眾生。薩埵太子見一個母老虎和幾隻小虎餓到骨瘦如柴，為了救牠們，從山崖跳下摔出血讓母老虎去吸吮。莊嚴的佛教，為甚麼會出現如此淫念裸體的男女交合佛像？

後來我求教文太太有關男女雙身擁抱歡喜佛的情況。

文太太說：「佛教的佛理博大精深，宗派繁多。我的佛學知識有限，講得可能不正確。藏傳密宗認為男女雙身修密，相應的性力結合時，才能達到較高境界，雙體的歡喜佛都是裸體，赤身露體象徵脫離塵垢界。雙體相抱，男女合為一完人。佛經中說，男的是大自天之子，名為大荒神，他平時做惡事，危害世界，女的是觀音的化身，她與大荒神交合，得其歡心，使其不行惡事，稱作喜歡天。男身威猛剛強，女身溫柔嬌媚，一剛一柔，你中有我，我中有你，形象和諧，這種男女雙身結合，猶如鳥雀雙翼，缺少一翼就無法飛行，等如武林高手廢了武功。而男女雙修可以快速得道，立地成佛。又象徵兩極對立與統一，充滿和諧之美，並無任何淫邪之意——用現代的話說，是古希臘柏拉圖式的精神戀愛。」

文太太解說的時候，我和鄭明明靜靜地聆聽。鄭明明心領神會，微微點頭，我也有所悟，心想：以後要多讀佛經啊。

6

一到時限，莫高窟的石洞門都鎖上，管理員、女導賞員不開門，我們就不知道洞窟中是甚麼珍貴的壁畫了——後來我才知道，為了避免被人破壞、偷竊珍貴的壁畫才鎖上鐵門。我們這些普通的遊客想看也沒機緣，只有那些研究石洞中的壁畫專家、持特別證件的人才可以進入去慢慢觀賞。「佛門廣開」，是為那些持特別證件的人物而開，普通遊人只能望門嘆息。

文太太說，她年輕時在北京藝術學院習畫，曾經跟導師、同學來莫高窟臨摹壁畫，那時的遊人稀少，也自律，守規矩。文化大革命時，紅衛兵仿如拿着上方寶劍，進入石窟中「破四舊」，任意破壞，拿走文物，管理人員對他們也沒有辦法。

清末民初時期，不少歐洲人來這裏半買半騙去大量珍貴的經卷、唐卡、絹畫，如今歐美國家的博物館中都好好保存着，給世人參觀。我們中國人，都責罵那些識寶的英國人法國人是騙子是竊賊。如今想來，當年他們若不是騙去竊去這些珍貴的文物，展轉到了外國的博物中，文化大革命時給紅衛兵破壞、飛灰煙滅、消失於人間，不是更可惜？

我們搭飛機搭火車辛苦來到敦煌，想看而看不到莫高窟中的珍貴壁畫，很失望。好在敦煌一些店鋪有拓片售賣，我們選購一些好的畫冊、拓片，總算不虛此行。拓片沒有文字注解的，我可以求教文太太，而她又樂意解答。

文太太說她的佛學知識並不好，那是她的謙虛。早前我、鄭明明和她在海心公園練完氣功了，大家去茶樓飲茶，邊吃點心邊閒聊，她無意中說到家事：她父親是北京大學的哲學教授，精通巴利文、梵文，研究佛學。她的母親是藝術家，早年在巴黎習畫，學成回國，在北京藝術學院任教。她成長在這樣的文化學術家庭，自小接受熏陶，可以想像得她的學養何等深厚。

我在敦煌買了兩本莫高窟的拓本畫冊，印刷精美，價錢雖昂貴，也值得。畫冊中有一幅「吉祥天女沐浴圖」，天女赤身露體，在蓮花池中沐浴，美得熱情如火，美得讓人喪失情慾，淨化心靈。西方的維納斯圖像被聖潔的光環籠罩，東方的吉祥天女給佛光照亮。

文太太說，這幅吉祥天女沐浴圖，是唐代著名畫家尉遲乙僧所作，他是唐代于闐畫派的代表畫家，據說，他曾經在唐代貞觀年間來過中原，唐太宗李世民愛才，知道他的畫技高超，召他入宮中當畫師。《宣和畫譜》記載他的畫作，有彌勒佛像、大悲佛像、佛鋪圖像，如今西安的慈恩寺、奉恩寺普賢堂等地方都有他畫的壁畫。

我所看到的中國畫，士女人像都是衣冠齊整、衣帶繞身、頭飾臂環亮麗，神態端莊。想不到一千三百年前竟然有人畫出如此美艷的女人體！吉祥天女沐浴在蓮花池中，一手按着腹部，一手掩着乳房，臀部只有一葉片形狀的圍布，頸項和雙臂戴項圈，半赤裸，令我驚異的是她的神情自然、含蓄，毫無做作，真是天人。

我說：「吉祥天女本人是這樣美艷嗎？」

文太太說，《毗沙門天王經》記載：吉祥天女，眼目廣長，顏貌寂靜，首戴天冠、瓔珞臂釧，莊嚴其身，右手作施願印，左手執開蓮花。傳說她是北方毗沙門天王之妻，各種佛經都沒說她美麗，藏傳佛教還將天女描繪成猙獰可怕的妖女神，到底她本人是甚麼面目？無人說得清楚。

我說：「既然各種佛經只說她的樣貌醜惡，沒說她漂亮。那麼，尉遲乙僧為何把她畫成美若天仙？」

文太太說：「照我想，尉遲乙僧畫技超群，藝高人膽大，他要把貌醜半裸體的吉祥天女畫成大美人，顛覆傳統的畫風，又有可能，他心中原本有個漂亮的女人，要把她的美貌畫出來，就借佛經中的吉祥天女作表現，顯示他對他心中的女神的懷念。」

鄭明明加入來討論，她說：曹子建向甄宓求婚，不能如願。她嫁給曹丕為后，成為他的嫂嫂。但是曹子建還是對甄宓念念不忘，暗戀着她，後來甄宓遭讒言而死，曹子建作《洛神賦》（感甄賦）懷念她。《洛神賦》的辭藻優美，感情真摯。曹子建視甄宓為女神，在《洛神賦》中讚嘆她如天女下凡，賦文中這樣形容她：……灼若芙蓉出綠波。穠纖得衷，脩短合度。肩若削成，腰如約素。延頸秀項，皓質呈露……轉眄流精，光潤玉顏。含辭未吐，氣若幽蘭。華容婀娜，令我忘餐。

在以上這段文字中，甄宓的美貌風韻躍然紙上。當然，小說、辭賦都是虛構的、想像出來的，作者心中的人物，美與醜在他筆下游走。曹子建一直都愛戀着甄宓，當然把她描寫得貌若天仙，風韻迷人，顛倒眾生了。

文太太微笑說：「你的學問淵博，想像力豐富，說得合情合理。」

我說：「我在一本書的插圖中看到張大千畫的吉祥天女像，面如滿月，身如凝脂，衣裙敞開，托着花盤的手臂遮掩乳暈，瓔珞在肚臍中下垂，非常美艷，引人遐思。」

文太太說：「那幅畫不是張大千的創作，是他臨摹榆林窟中的唐人壁畫。唐代的美人圖像，面孔身體一般都是豐滿的，像楊貴妃的畫像，珠圓玉潤，熱情豪放。」

文太太是畫家，對古今畫壇的事十分清楚，對畫作的鑑賞能力甚高，我在她面前班門弄斧，出醜了！

7

莫高窟是中國四大右窟之首，名氣大，引來無數中外人士參觀，三危山、鳴沙山、月牙泉的名氣也不小。來絲綢之路旅遊的人，不會錯過這些名勝。

我們是早上來到三危山腳下的，太陽正在三危山那邊慢慢升起，在金黃色的沙漠上，陽光發出軟弱無力的蛋青色。黃沙把陽光濾出來，形成一片佛光普照的雲霞。晨風吹起的黃沙在我們的身邊滑落、飄去，又回歸沙山上。

卓文君生平第一次踏足沙漠上，沙漠的景色迷倒了她。她歡欣雀躍，向傾斜的沙丘走去。她早上在賓館梳洗穿衣的時候，佩戴上特製有義乳的胸罩，衣衫裏面兩隻乳房都高聳，豐乳配合肥臀，走路時腰肢扭動，露出豐潤光滑的皮膚在晨光下泛着茶褐色，這種成熟少女的健康膚色震懾了我。她的秀髮在晨風中飄揚，雙眉入鬢，鼻樑高高，兩片飽滿的嘴唇微微張開，貪婪地吸着河西走廊的新鮮空氣，露出口中雪白的牙齒，黑白分明的眼睛，在晨光下呈現出透明的琥珀色，讓我的心靈顫動。

鄭明明和文太太在我身邊同行。女人的心性敏感，觀察入微，有妒忌同性之心。在她們的眼皮下，我不好注視卓文君了。

太陽愈升愈高，陽光照耀着山上山下的黃沙，氣溫漸漸升高。有人不願意在沙漠上行走，騎着駱駝，踏着黃沙向陡坡走去。這些出租的駱駝都是雙峰的，身軀高大，駝蹄踏着黃沙，穩步向前走。

卓文君頭一次見到駱駝，她見人家做駝上英雄，她說想騎。

我們四個人，走去那邊租了兩匹。出租的駱駝十幾匹，排着隊躺在沙地上，等待遊人去騎。文太太和鄭明明走過去，文太太爬上駱駝的前峰，鄭明明爬上後峰，牽駝人吆喝一聲，那匹駱駝就慢慢站起來，隨着牽駝人起步走。她們騎在駱駝背上搖搖晃晃，身體扭動，向沙山走去。

我沒有選擇了，我騎在另一匹駱駝的前峰，讓卓文君騎後峰，我充當好漢領着她在駱駝背上搖搖晃晃向前走。卓文君首次騎駱駝，感覺新奇又興奮。我問她騎駱駝怕不怕？她說：有你同我一齊騎，我就不怕。

我本想和鄭明明騎一匹，但是她捷足先登和文太太騎上前面那匹了。我想，是不是她故意安排我和卓文君騎一匹？如果是，明顯是她要跟我保持距離。她們兩人在前，我和卓文君在後，她的背影在我眼前晃動。她雖然年逾半百了，沒有嫁人，沒有生兒育女，不像別的女人那樣肥胖，她的腰肢柔軟如年輕女人一樣有韻味。

愛我的女人，我不愛；愛不到我的女人，我愛她，以後還有愛我而我又愛她的女人嗎？

佛教忌貪、嗔、癡。為何我對鄭明明如此癡情？賈寶玉放着身如凝脂、溫柔體貼、知書識禮、人人喜歡的寶姐姐不愛，對體弱多病、恃才傲物的林妹妹癡癡地等待。求不得，最終身披猩紅斗蓬在「白茫茫一片真乾淨」的雪地上，跟着一僧一道做出家人，了卻塵緣。

我們胯下的駱駝踏着浮沙穩步向前行，向那邊金光閃閃的沙丘走去。我們仿如古代的商侶，沿着絲綢之路而行。卓文君在我背後說：「辛先生，為甚麼不騎馬要騎駱駝？」

我說，人稱駱駝是「沙漠之舟」，牠的腳蹄大，不會深入浮沙去，駱駝又耐渴耐熱，牠喝水的時候，喝夠了，還喝水入牠體內的水囊中儲存着，在沙漠中沒水喝了，也渴不死牠。古代沒有飛機、火車、汽車，商人就需要牠馱人馱貨物去西域販賣賺錢，官員去西域辦事，也是騎駱駝去的。

她說：「你怎麼知道？」

我說：「小時候不曉得，後來讀書學知識才知道。」

她說：「讀書有學問，甚麼事情都知道，真好。我家窮，我只讀了幾年書，我爸就要我在他開的小餐廳幫手做事……」

我安慰她：「不定要入學讀書才有知識，你還年青，自己看報紙看書也學得到。」

她說：「我要在我爸的小餐廳做事，沒有時間看書學知識。」

我們騎的駱駝，不是我可以信馬由繮，是由牽駝人帶着我們走，在沙漠中走了一圈，就回到起步點，算是完成了駝背上的「旅程」。

高大的駱駝一躺下來，我就從牠的背上跳落沙地上，轉身去扶卓文君落來。這時夏日炎炎，黃沙被太陽曬熱了，氣溫如火一樣熱，她短小的白色T恤薄如蟬翼，我的手就像觸摸着她的肉體，我感覺到她像觸電一般震顫一下，臉上起了紅暈，嬌羞好看。

文太太和鄭明明已經從駝背上跳落地，站在沙地上了。她們見我攙扶着卓文君，鄭明明有甚麼感想？卓文君很識趣，她速速離開我，走到鄭明明面前，拉着她的手在黃沙上步行，說騎駱駝很有趣。

8

昨天，我們在莫高窟其中一個洞窟看到一尊觀音坐蓮壁畫，佛像俯首低眉，面相慈和。文太太說，觀世音是佛國眾多音薩中的首席，她在世俗人間的知名度和影響力僅次於釋迦牟尼，世人稱她觀音大士。菩薩的意思是「覺有情」、「道眾生」，他們的職責是協助佛祖普渡眾生，了卻人生煩惱，得以歡樂。

佛教世界首位菩薩是觀世音，從梵文譯為「光釋音」或「觀自在」，唐代因避太宗李世民名諱，略去「世」字，簡稱「觀音」，加上「大士」兩字。所謂「觀世音」，意指芸芸眾生受苦受難時，念誦其名號，菩薩就會「觀」這個聲音，前去解救——觀世音這個名字本身，顯示這位菩薩能夠救苦救難，法力無邊……

我頓時想起唐代的武則天，唐高祖李淵及他的兒子李世民打天下，成了帝業，帝位傳到唐高宗李治時，政權就落到姓武的手中。武則天原本是唐太宗的妃子，太宗皇帝一死，她就入庵堂削髮為尼。高宗繼承皇位，就去庵堂接她入皇宮做貴人，她整低王皇后，最終奪取李唐的政權自己稱帝。她的權力從長安轉移到洛陽，命人在龍門石窟雕鑿一尊跟她面貌相似的觀音像，以示她能救苦救難，借觀音的無邊法力，穩固其政權。

文太太接着說：觀世音菩薩在印度，是男身還是女身不確定，佛教傳到中國，漢化了，才成為女身。女人生育孩子，是慈母，有慈悲之心，還有傳說觀音送子。所以觀音菩薩在世人心目中地位崇高，大家都供奉她燃香燭叩拜。

9

這幾天中，我們搭飛機、搭火車來到敦煌，參觀了幾十個洞窟，又騎駱駝遊覽三危山，再參觀三危寺院，行程緊湊，仿如軍隊馬不停蹄征戰沙場。我不知道鄭明明是疲倦還是受到千年佛像的震撼或是看到我和卓文君像情侶那樣親蜜騎駱駝，她的神情變得鬱鬱寡歡、滿腹心事，不大說話了。難道她在疾妒卓文君跟我好？來敦煌旅遊是她叫卓文君同行的，在三危山又是她故意讓卓文君同我騎一匹駱駝的，她這樣做，是她考驗我對她的愛情是不是專一？

頭一天晚上飛到蘭州住賓館，夜闌人靜時卓文君悄悄溜入我的房中，向我投懷送抱，樣子想跟我調情。當時我驚喜又動心，轉念一想，她是年輕姑娘，我做她的父親卓卓有餘，跟她說：我喜愛她，只像父親對女兒的慈愛，叫她快些回她們的客房去。若是鄭明明叫她過來的，她會對她說明我是坐懷不亂的正人君子。問題是，她有沒有向鄭明明講清楚？要是沒有，鄭明明會懷疑我同她歡好了啊。

將近黃昏，我們在月牙泉旁邊悠閒漫步，放鬆一下，讓鄭明明的情緒回復平靜，看看她有甚麼反應？

黃昏的月牙泉上空，夕陽又圓又大，橙黃色的陽光從鳴沙山那邊照射過來，金光閃閃，有一種迷人之美。新月形狀的月牙泉邊，似乎漾溢着談情說愛的情調。我望着鄭明明的身影，她的身段柔軟、腳步輕盈，短髮被夕陽染成金黃色，短衫在晚風中飄搖，仿如天女在空中撒下的花瓣，我的心有一陣熱情向外湧動。她年逾半百，身段步履還像年輕姑娘，讓我回想起三十年前跟她在月光下漫步的情景。

文太太知不知道我和鄭明明年輕時有過一段戀情？知不知道因此鄭明明不嫁別人？鄭明明的性情含蓄內向，做人低調，不輕易表現自己，心事只藏在心裏，不是她親人好友看不出。她的性格與吾妻司徒珊完全不同，司徒珊敢想敢講敢做，我行我素，沒甚麼顧忌，不理別人怎樣看她。我們年輕時，鄭明明是我的戀人，她從鄭明明手中奪走我，一點不內疚，還說：「情場如戰場，大膽衝鋒陷陣者勝，膽小退縮者敗，誰叫鄭明明不如我？」

鄭明明頭一次戀愛就失利。她看得開，放得下，不再和別的男子戀愛。她沒有結婚，沒生孩子，寄情文學，專心寫小說寫詩。她的小說技巧創新，寫得很好，得過獎，在文壇上很有名氣。但是她為人低調，沒有參加甚麼文學活動，不像那些寫了一兩部小說就以為自己是大作家，自我標榜，互相吹奉、互相讚賞，提高自己的知名度，他（她）的書就暢銷。鄭明明知道，文章千古事，淺薄的作品，只熱鬧於一時，只有經得起時間考驗的才是好小說。有些年青人寫個短篇或中篇小說去參賽，僥倖得獎了，就有人說他（她）很有潛質，是未來的小說大師。但是他（她）只有個好的開頭，沒有好的作品作後續，甚至在文壇消聲匿蹟，這樣熱鬧一時的作者又有甚麼意義？。

成功非僥倖，只有那些不刻意為名利、耐得住寂寞、埋頭讀書寫作的人才能寫出好的作品－鄭明明就是這樣的寫作人。

10

文太太的性情與鄭明明相似，在海心公園太極場練功的眾多師兄師姐中，她們兩人最談得來，成為好朋友。文太太姓季，名無常，她不想別人叫她的姓名，最好稱呼她文太太。她的父親季先生是哲學教授，精通巴利文、梵文，研讀佛經。她家中的藏書甚豐，佛經佛典最多，文化大革命一開始，紅衛兵就說他是「白專」，說宗教是人民的精神鴉片，毒害人民，批鬥他，抄他的家，把季先生倆老掃地出門。

文太太（本名季無常）嘆着氣說：「好在文化大革命前幾年我和文先生在北京藝術學院相識戀愛，又伸請來香港和他結婚、定居，不然，我們一家老小都遭殃。」

文革十年，她都不敢回北京探望她的父母，好在文先生是香港新界人，冒險去北京收藏一些古字畫回港出售賺錢，又帶一些藥品食物去北京城給老人家。十年文革過去，她接到父親的死訊，才回去奔喪。

鄭明明問她：「文先生的年紀不大，怎麼就過世了？」

文太太欲言又止，只說，他買賣古字畫發了財，也因此賠了命。

鄭明明勾起了她的傷心事，內疚說：「對不起，我不應該問你的私事。」

文太太說：「也沒甚麼，都是多年前的事了。」停頓一下，又說：「我的兒子都長大了，大仔在美國做事，細仔在美國讀大學，老來有兒子依靠，我也安慰了。」

紅紅的太陽在鳴沙山那邊落下去。沙漠地帶沒有陽光照射，氣溫下降，有了涼意，月牙泉旁邊的遊人先後離去。我從手提包中拿出相機，她們三人站在一起，近處是月牙泉，遠處是鳴沙山，我為她們拍了幾張黃沙泉水的晚景照片。

卓文君能夠和文太太、鄭明明兩位有學問的女士一同遊覽，一起拍照，很高興。夕陽把她白嫩的臉孔染紅，份外嫵媚動人。她好奇地說：「這裡都是高山黃沙，草木不生，怎麼會有這樣美好的清泉？」

月牙泉位處三危山、鳴沙山的峽谷之下，地下水滙聚在一起，成了清泉。我沒有對她說實情，這樣回答她：上帝是造物主，很久很久以前，是祂造出來的。

她的神情疑惑，望着我說：「山上都是黃沙，風一吹，四周的黃沙都飄下來，時間都千千萬萬年了，黃沙不是把月牙泉填平了？」

我想不到她會這樣反問我，我呆一呆，不知道怎樣回答她。

鄭明明為我解圍，她說：「上帝是萬能的，祂能造山造湖，也能擋住山上的黃沙飄落月牙泉。」

她很尊敬鄭明明，沒再說甚麼。

卓文君從未離開過香港，如今來到河西走廊，感覺一切景物都奇妙新鮮，要看個夠。她年輕，活力充沛，遊玩了一整天都沒有倦意，要飽覽西北大漠的晚景。三危山的黃昏，層層疊疊的雲海中透出灰黃透明的光環，恍惚從雲端出現佛光。

她轉身向鳴沙山那邊眺望，鈷藍色的天空一輪孤懸的月亮在靜靜地窺視人間，天空是永恆的，月出日落，但天空永遠不會升起昨天的月亮……

沙漠地帶的氣溫善變，白天陽光照射，熱氣熏人，黃昏太陽的氣焰收斂了，晚風吹來，有涼意，提示我們這些倦鳥快些回巢。

11

回到賓館，天黑了，街上的燈光明亮，眼睛才找到光明。我們在三危山、鳴沙山被黃沙吹襲一天，頭上身上都是塵埃，一身汗臭。入客房的浴室洗滌一番，換上乾淨的衣服，疲勞漸消，才舒暢一點。

回賓館之前，我在街上的舖子買了兩個黃河蜜瓜回來，作為飯後甜食。我們四人圍着茶几坐下，我操刀子切蜜瓜。卓文君見我笨手笨腳，切來切去都切不開，她說讓她切。

我說：「你是女子，不如我有力，還是我切好。」

她說：「有些事情不是大力就做得到，要有辦法。」

我說：「你有甚麼辦法？」

她說：「我在我爸的餐廳廚房做事，日日切菜切瓜，刀法好，不是我誇口，切冬瓜西瓜我最拿手。不信你看就知。」

她的上身穿着白色短袖薄衫，剛剛洗完的頭髮冒着水氣，兩隻臂膀白嫩渾圓，宛如藕筍，胸脯佩戴一隻義乳的胸罩，豐乳肥臀細腰，這樣性感的身子，讓人遐思。但是我想到自己的荒唐歪念，卻在內心自責為老不尊！

她從我手中接過刀子，右手拿刀，左手按着圓圓的蜜瓜，把刀尖插入瓜肉，旋轉蜜瓜，刀子向後拉——如此重復幾次，蜜瓜就變成月牙形，再切去瓜皮，排列在瓷碟中。蜜瓜肉紅彤彤，放入口咬，清甜多汁，解渴生津，沁人心脾。

我們邊吃蜜瓜邊談話，話題離不開這幾日參觀莫高窟的壁畫和三危山、鳴沙山、月牙泉的見聞。這方面的事情，我們三人所知不多，大半時間都是文太太講，我們三人像學生一樣靜心聆聽。

鄭明明說：「莫高窟的石洞是甚麼人開鑿的？」

文太太說：「古代這裡沒洞窟，山崖下面只有一條河叫大泉河，河岸長滿紅柳、梧桐、葡萄，是沙漠的綠洲。後來東土來了一個叫樂尊的和尚，他帶着三個弟子去西域拜佛求經，尋找傳說的極樂世界。當時是盛夏，熱氣熏人，他們師徒幾人又餓又渴，去山谷取水喝。這時夕陽殘照，斜陽照在三危山上，成為萬道金光，金光中坐着一尊巨大的彌勒佛，又有千萬尊菩薩像，佛像千姿百態，還有眾多仙女抱着琵琶樂器載歌載舞，仙樂飄飄。

樂尊師徒幾人看得呆了，就拿鐵錘、鐵鑿在山崖上開鑿了頭一個洞窟，在洞壁中雕塑佛像。自此，就有人一個接一個開鑿下去，至今留下大小幾百個洞窟。」

鄭明明說：「這些洞窟中，雕塑着佛祖、觀音、彌勒、普賢、文殊……這些佛像，神態萬千，藻井上面有雲霞、飛天、樂伎，惟妙惟肖，真是藝術寶庫。」

文太太說：「寺廟旁邊那個大洞窟，還收藏着大量經卷、唐卡、絹畫。這些東西非常珍貴，價值連城，清末民初時期，被英國人法國人半買半騙，運走很多很多，太可惜啊！」

我說，我前後看過好幾篇關於莫高窟的文章，略知一二。莫高窟經歷千多年風沙吹襲，早就被三危山、鳴沙山的浮沙掩沒了，沒有人知道這裡原來是仙境佛地。到了清朝末年，一個叫圓籙的道士有事經過這裡，那時他又餓又渴，聽到山谷下面有淙淙的淌水聲，走下去用木碗舀水飲，又在葡萄藤上摘葡萄吃。喝了水吃了葡萄，從河谷爬上山坡，發現黃沙上面有一處簷角外露在沙丘上。他爬上去一看，原來是廟頂的飛簷。當時他只有一根嚇野狗的木棍，一隻行乞的木碗，他就用木碗挖黃沙。黃沙是浮沙，只須用木碗扒挖，黃沙就向山谷滑下去。他連續挖了兩三日，挖到廟門了，用力一推，廟門就開了，正面是大雄寶殿，廟中沒受到破壞，可以居住。他是個行乞的道士，發現了這間寺廟，有個落腳處了，削去髮髻，剃了鬍鬚，由道士改為和尚，在廟中供奉佛祖、菩薩，住持廟宇。

他做了和尚，就去敦煌城化緣，有人給他食物，也有人給他銀子，有了錢，買香油回來禮佛。香油發出來的輕煙，不是向上升，而是向左邊飄搖。他感覺奇怪，走到左邊的磚牆看看，牆上有道裂縫，他用木槌敲敲牆壁，有迴聲，隔鄰似乎有房間。他用劈柴刀伸入牆縫撬幾下，磚頭跌落，有了豁口，那邊雖然黑暗，明顯是個房間。他再撬開幾塊磚頭，自己可以爬過去了，就點燃一根臘燭，向那邊照照，原來是個藏經洞，幾個木架上放着一疊疊經書。他從豁口爬過去，在燭光照耀下，從木架上拿下一疊經卷，塵灰撲面而來，嗆到他連連咳嗽。他輕輕吹掉經卷上的塵埃，打開看看，紙張發黃，邊角碎裂，紙上都是蠅頭小字經文。他想，這些經文經歷千百年，都是高僧大德保全遺留下來的，必然是珍貴的東西，他想，憑他一人之力無法保得住，只有上報縣衙，收國庫整理保存才行。

但是，廟裡只有他一個和尚，他去縣衙報官，誰守護藏經洞的經書？他離開了，若有歹徒來破壞偷竊怎麼辦？因此，他把那個牆洞開到地上，做一道小門，他外出化緣做事的時候，把小木門鎖上。

敦煌縣城距離莫高窟不遠，他拿兩卷經文去縣衙報官。去到那邊，縣衙門前有衙差守衛，不准他入去見縣令老爺。那個衙差收下他的經卷就叫回莫高窟廟子等候消息。

等了幾十天，甚麼消息也沒有。他想，縣老爺不理他，可能是衙差沒有上報，也可能是這個縣令才疏學淺，不識寶。他想好了，又拿兩卷經書去瓜州求見州官，州府門前的衙差又不讓他入去見州官，收了他的經書，問他是哪個寺廟的和尚，打發他走了。

等了兩個多月，好消息壞消息都沒有。但是他不氣餒，跑了好幾日路，長途跋涉去到蘭州求見州官，獻上兩卷經書給守門的衙差，衙差拿着經書入去見州官老爺，不多久那個衙差出來問他是哪個寺廟的和尚，叫他回去，若是這些經書有價值，才去莫高窟看看。

蘭州去敦煌路途遠，徒步走需要幾日時間，中途要住客棧，他身上的銀子來時已經花完了，沒有錢夜裡去哪裡度宿一宵？他本來帶了四卷經書上路，好在只獻上兩卷經書給州官老爺，還有兩卷留在褡褳中。他拿去蘭州的街頭變賣，得了十多兩銀子晚上才有錢住客棧，白天化緣裹腹，曉行夜宿回到莫高窟。

他回到莫高窟等了一年多，縣府、州府都沒有派官員來看。他疑惑了，是不是縣官、州官不識寶？還是這些經書沒有價值？但是這些經書經歷了千百年，是歷代高僧大德保存在藏經洞窟中，不會不是珍貴的東西吧？他必須盡一切努力去保護它。守護得住最好；守護不住也盡了責任，沒甚麼好說了。

敦煌縣的鄉民知道莫高窟發現了寺廟，信眾知道了前來參拜，有人獻上香油錢，有人拿包子果品來禮佛，香火日漸旺盛，住持圓籙和尚的名聲好，前後有兩個鄉民看破紅塵，來寺廟跪求住持給他們剃渡為僧。

以前寺廟中，住持是他，和尚也是他，宛如無兵司令。如今收了兩個徒弟，師徒三人就好辦事。兩個徒弟在外面耕地種菜、種麥，或去敦煌化緣。師父在廟中誦經禮佛、閒時抄經文。

十多年後，某日有個漢人帶兩個西洋人來到寺廟。西洋人白皮膚藍眼睛，嘴唇長滿了黃色鬍鬚，他們不會講漢語，要那個漢人當翻譯。漢人翻譯對住持說：這位是英國人，叫威士亭先生，他聽聞你們廟中有一些經書、畫卷，想看看，若是合他心意，想跟師父你買一些。

住持打開藏經洞窟的木門，點燃兩根臘燭放在枱上，他們在幽暗的藏經洞才可以看清楚裡面的內容。

威士亭先生進入洞窟，見木架上放滿了一疊疊經卷、絹畫，他不懂方塊字體中文，卻會鑑賞絹畫，在他看來，這個石窟原來是個藝術寶庫！他隨手從木架上拿下一卷經書，用手輕輕抹去上面的塵埃、打開，在燭光照耀下，寫滿蠅頭小字的紙張已發黃，邊角崩裂，他輕輕放在枱上，再拿下一疊絹畫，有佛祖像、有觀音像、有飛天像，這些畫像線條流暢優美，神態安祥——這種中國畫，他在倫敦的大英博物館也看過，知道是珍貴的藝術品。

威士亭先生在藏經洞窟中看了個多時辰，挑選幾十卷經書、絹畫、唐卡，堆在枱上，叫漢人翻譯問住持要多少銀子。

圓籙想：以往他拿經卷去縣衙、州衙報官，這麼多年了，都沒有朝廷官員來查看，連消息都沒有一個，可能藏經洞中這些都是普通的經卷，沒甚麼價值，才沒有派人來接收。他對漢人翻譯說：威士亭先生認為值多少銀子就給多少。

威士亭對他的助手嘰啦呱啦說了幾句話，他的助手從皮袋中拿出銀子放在另一張木枱上。住持數數，七百多塊（兩），點點頭表示同意交易。

威士亭不說話，打心裡笑出來，這個和尚不但不識寶，也憨直得如白癡，連討價還價也不會！他和助手、漢人翻譯把這堆選好的經卷、絹畫、唐卡包紮好，搬去寺廟前的駱駝背上放好、繫緊，然後騎上駱駝，心滿意足地走了。

住持收了這些白花花的銀子，也心滿意足，有了這麼多銀子，可以買建築材料、僱工匠修葺這間殘破的寺廟，不必擔心它會倒塌了。

各種建築材料從敦煌城用馬車運來了，工匠也從敦煌城僱來了。有了各種材料，這些能工巧匠只須一年半載時間就把寺廟修葺得煥然一新，天天都有善男信女前來上香禮佛。

寺廟剛剛修葺好，又有洋人到來，這兩個西洋人會講漢語，還懂中文字，他們直接跟住持對話。他說他們是法蘭西人，叫麥克倫先生，他想看看廟裡藏經洞的經卷，若是看得上，他會買一些。

住持想：前年那個英國人挑選去幾十卷經書、絹畫、唐卡，他都給我七百多兩銀子，眼前這個法蘭西人看了若合心意又買，我就賣給他，拿了銀子做經費，挖開那些被黃沙掩埋的洞窟，或許還有經卷、絹畫，好過被歹徒知道了，偷去搶去藏經洞的寶物好得多。他打開藏經洞窟的木門，燃亮臘燭作照明。

麥克倫先生進入洞窟中一看，被這個藏經寶庫震驚了！他沉醉在洞窟中三四個鐘頭，忘了饑渴，忘了時間飛逝，挑選了百多疊經卷、絹畫、唐卡放在木枱上，叫他的同伴從皮袋中拿出千多兩銀子放在另一張木枱上，問住持滿不滿意。

住持點點頭，說謝謝。

麥克倫和他的同伴把選好的經卷、絹畫、唐卡搬離寺廟，搬下石階，放在地上，分別裝滿幾個木箱，搬上停在廟前的兩架馬車，整裝好了，驅車而去……

文太太說：「這個圓籙和尚，因賤價賣去這麼多珍貴的經書，他被國人唾罵百幾年。你說看了這篇文章才知道這件事，寫這篇文章的作者等如為他平反。講起來，這個圓籙和尚實在冤屈，他發現藏經洞窟時，馬上去縣衙、州衙報官，他等了這麼多年，守護着，朝廷都沒有派官員來查看。他賣經書、絹畫得到的銀子，又不是據為己有，是拿去修葺寺廟，開挖石窟……英國人、法國人半買半騙去這些珍貴的文物，現在外國的博物館有些保存得好好，給世人參觀，壞事變成好事。若不是，文化大革命時被紅衞兵破壞煙滅了，不是更可惜？」

我點點頭，表示認同她的意見。

12

我們都退休了，沒有工作上的羈絆，有時間調整一下身心，有時間去外面旅遊，增廣見聞。既然千里迢迢來到河西走廊的重鎮敦煌，就要靜靜觀賞多一些景物，在匆匆的人生中留下一些值得回味的回憶。

據傳說，三危山極具神秘色彩：晨曦、日出、日落各有變化，美得難以想像，仿如神明顯靈。我們天未亮就來到三危山下，等待觀看奇景。

晨曦初現，山上出現萬丈金光，雲朵疊着雲朵，充滿深沉光芒的莊嚴物質飄浮在天空，給人異樣的感覺。下方的積雲覆蓋着光與影，恍惚是一種布幕構成的意念在約束着那陰暗的、不定的浮光，這種浮光掠影，是佛光顯現。

過了半個時辰，太陽從三危山那邊冉冉上升，在紫霞中發出軟弱無力的亮光，白光把太陽的金光濾淨，金光又在重疊的雲層頑強擠出來，形成一片像佛的雲霞。

到了晚上，三危山被鈷藍色的霧靄籠罩着，猶如朦朧不清的海市蜃樓。那幾座金字塔模樣山峰顯示了神秘的孤寂，在它不遠處谷底中靜靜躺着月牙泉。這樣奇異的色彩讓人想到身處仙境中。晚上的三危山，是上帝的傑作，是大自然的神秘，世俗凡人無法識破。

天黑了，月亮還未露面，高遠的天空是星宿的世界，星星有又大又光高的，有細小朦朧的，銀河的星雲多如恒河的沙子，點點星光。猶如正在移動的河流。

陸地有疆界，劃地管治，紛爭征戰。我們仰觀夜空，天只是天，空寂廣闊，沒有邊界，沒有國族，滿天星斗，都是星宿，不分星族，從太初到永遠，自然和諧。

敦煌地區的夜色涼如水，我想起杜牧的《秋夕》詩句：天階夜色涼如水，臥看牽牛織女星。星斗滿天，哪顆是牽牛星，哪顆是織女星？

鳴沙山、三危山瑰麗的奇景，我們生長在南方青山綠水的大城市的人永遠無緣看到，也想像不到。卓文君頭一次看到沙漠上如此神秘瑰麗的朝陽、落日、星夜，非常高興，雀躍不已，她說外出旅遊多麼好啊！她這個井中蛙，終於有機會躍到地上，見到瑰麗廣闊的天地了。

她說，她長年累月在她父親開的餐廳的廚房做事，因治癌病在醫院認識鄭老師，又由她介紹認識我們這幾位有學問的長輩，帶她出來旅遊，才知道外面原來是無邊無際的廣闊天地、大川世界。

文太太說，文化大革命前幾年她來過敦煌，那是她在北京藝術學院求學時，隨老師、同學來莫高窟臨摹壁畫，曾經來過鳴沙山、月牙泉、三危山一趟。當初她不知道這座山為甚麼叫三危山，它有三重危險嗎？她回到北京後翻查書籍，才知道有關三危山的傳說——三危山原名牛脊梁山，古代只有山，沒有三座山峰。這座山，早上陽光照耀，晚上月亮吐光，山上日夜都明亮。忽然有一天，太陽、月亮都不在天上了，人們互相打探原因，才知道是天狗捉去太陽和月亮，躲在山洞中想吃掉它們。因此，大家急急想辦法去拯救太陽和月亮。當地有兄三人，分別叫大危、二危、三危，三兄弟都武藝高強，而且有號召力，一時就聚集了大量鄉民，高舉燈籠火把，由山神帶路，找到天狗居住的山洞。

天狗正想吃太陽、月亮，聽到山洞外面殺聲震天，鑼鼓齊鳴，曉得打救太陽、月亮的鄉民組織成的大軍殺到來了，迫得放下太陽、月亮，走出洞口一看，見到大批人馬手執刀、槍、劍、棒、火把，把洞穴重重圍困，危險萬分，三十六計走為上計，拖着尾巴逃跑。大危眼明手快，一劍砍下牠的半條尾巴，痛得牠捲起半截尾巴拚命逃跑，躲入林林中，失去蹤影。

太陽、月亮救出來了，回歸天上牛脊梁山恢復光亮。三危兄弟恐怕天狗捲土重來捉太陽、月亮吃掉，就駐守在山上，守衛着太陽和月亮。天長地久，三危兄弟就變成挺拔雄偉三座山峰。大家銘記他們三人捨己為民的功蹟，就把牛脊梁山稱為三危山，讓後人朝拜憑弔……

文太太家學淵源、學問豐富、見多識廣，有主觀意見，我們自愧不如，能夠交上她這樣的良師益友，得益匪淺，我們要多多向她學習。她秉承她父親季老先生研究佛學，她年輕時又去過敦煌臨摹莫高窟的壁畫，如今我們來到敦煌，只有她舊地重遊，猶如識途老馬，是我們這次敦煌之遊的最佳導賞者。

我這樣說，並非故意讚賞她，而是真心話。自從在海心公園太極場認識她，我就默默觀察她。她有學問，卻不想表現自己，不是長時間同她交往的人，無法知道她是個博學多才的女人，表面看，跟一般普通女人無大分別。人的外表一看就知道是美或醜，而他（她）們的心靈學問智慧看不到。

鄭明明也有才情，她年輕時讀了不少西方國家作家的作品，受現代主義作家的影響，她運用新的技巧創作各種小說，讀者眾多，在文壇上頗有聲譽，她為人低調謙虛，跟文太太一樣不想表現自己。

鄭明明的容貌身材美是一種單純自然之美，她的心靈自然純真，她不會因自己是作家看不起別人。卓文君家貧沒有書讀，沒甚麼知識，她們卻成為忘年之交，像母親姐姐一樣愛護她、教導她。她們都是患乳癌切掉一隻乳房，同一不幸，同病相憐，她們是在威爾斯親王醫院的放射治療部門認識，繼而成為好朋友。她帶她來河西走廊旅遊，實地參觀名勝古蹟，開開眼界，學習一點知識，打開心窗，引導她自學知識。

13

年輕時，我在一本文化雜誌中看到一篇文章，介紹張大千的事蹟。那是民國時期，張大千帶着助手、作畫器具、各種顏料、糧食、黃金、銀子，坐馬車從中原來到敦煌，展開臨摹莫高窟壁畫的艱巨工作，他們躲在莫高窟中幾個月，挑選自己喜歡的壁畫臨摹。

當時敦煌是偏遠的沙漠地區，莫高窟非荒涼，人煙稀少，時常有土匪出沒，打家劫舍，殺人搶物，他們躲在洞窟中臨摹壁畫也不安全。

張大千對洞窟中的壁畫讚賞不已，古代的藝術家和能工巧匠給後人留下這個藝術寶庫太好了！他廢寢忘餐，燃點臘燭照明（那時莫高窟還未有電燈）他叫助手爬上木梯，用毛掃掃掉壁畫上的沙塵，露出壁畫的真面目，他才開始對着壁畫臨摹。位處高牆上面的壁畫，他在下面看不清楚，要爬上木梯細看，看完心中有印象了，再爬下來繼續畫。臨摹一幅壁畫，爬上爬落幾十次才畫得成。

莫高窟大小幾百個洞窟，張大千逐一看過了，挑選他認為好的壁畫才去臨摹。幾個月的勞心勞力對着壁畫臨摹，臨了很多張壁畫才回中原。

我看了介紹他的文章之後，就留意有沒有他臨摹的畫冊在書店售賣，但是尋找了很多年都買不到。一個偶然的機會在上環嚤囉街的售賣字畫小店出現，我的眼睛一亮，即時拿在手上，問店主要多少錢？店主知道奇貨可居，索價甚高。我跟他討價還價，他見我愛不釋手，分毫不減。我想，這本畫冊印刷精美，黑皮熨金封面，雖然是幾十年前印刷出版的，卻沒有破損，機會難逢，錯過了難以再遇，高價也要買下。我們決定來敦煌旅遊了，就從書架上取下來翻看欣賞。畫冊中二十多幅壁畫都是張大千精選的，有彌勒佛、觀無量經變圖、拾天女飛天、千手千眼觀音、吉祥天女像、男女赤裸雙體歡喜佛等等。

我對佛經佛典認識不多，對洞窟中的各種壁畫不甚了解。但對千手千眼觀音頗感興趣，觀音是女身，照理是雙手雙眼的，為甚麼畫家要畫觀音多手多眼？

我心中的疑惑，向文太太求教。

文太太不厭其詳說：千手千眼觀音歷來有幾種講法，佛經說，觀世音以前受過「無量劫」，立下大誓願，要利益眾生，因此長出千手千眼；千手意為保護人生，千眼意為遍觀世間，寓意大慈大悲，法力無邊。佛教所講的「慈悲」，大慈與眾生樂，大悲拔除一切眾生苦。起初，佛祖也有各種法身，後來才漸漸有統一的畫像、塑像，現時寺廟大雄寶殿的佛祖都一樣。佛的形象是人們想像出來的，畫家本人的想像力各有不同，各有技法，才有人把觀世音畫成千手千眼……

我的膚淺理解，佛教的基本教義是普度眾生，離苦得樂，這種教義是慈悲的、嚴肅的，為甚麼「雙身歡喜佛」男女都赤身露體摟抱在一起?不是使世人誨盜誨淫嗎?

文太太說:單身雙身歡喜佛都是裸體,其意義象徵脫離塵垢界,雙體擁抱的歡喜佛,男性代表方法,女性代表智慧,表示方法與智慧成雙的意思。男女合為一完人,是完滿,修為得好,可成快樂。這種快樂是信念的象徵,並非男女之淫樂……雙身歡喜佛,又稱歡喜天或歡喜金剛,是密宗木尊神,男女兩人裸身相抱,佛經中記載,擁抱圖中男的是大自在天,名為大荒神,他平時做惡事,危害凡人,故稱作歡喜天。圖像是裸體男女抱合立,男身威猛剛健,女身柔美嬌媚,一剛一柔,剛柔和諧,據傳說,男女雙修,可以快速修成正果,立地成佛,而藏傳密宗認為男女雙身修密,佛與相應的性力結合時,才能達到某種最高境界。

佛教是天竺傳到中土,古印度的太極圖,也是男女相抱,神態自然,沒淫邪的成分,只是兩極的對立與統一,你中有我我中有你。同樣道理,中國古代太極圖的黑與白像條顛倒的魚,白的頭上有一黑點,黑的頭上有白點,合而為一充滿和諧之美。一分為二,是天與地;二合為一,是天然構成完美的宇宙。

聽了文太太侃侃而談,我頓時呆了,慚愧自己的淺薄無知!她說的是佛學,也是哲學。她的學問多麼豐富!

平時我們在海心公園練完功,有時在海邊漫步,有時去茶樓飲茶,多是閒話家常、時人時事、世界局勢,宗教哲學她沒有談。如今來到敦煌這個仙境佛地,才引起她談佛學。她真的是太隱隱於市，神龍見首不見尾，真人不露相。

在我的印象中，寺廟大雄寶殿上的釋迦牟尼、普賢、文殊等菩薩像，都是面相慈悲、俯首低眉，寺廟中為甚麼又有身穿甲冑、手執兵器、青面獠牙、登眉怒目樣貌的菩薩？

文太太說：菩薩的面相都是畫家、雕塑匠人憑想像力造出來的。但想像的東西都不能脫離人世間的真實，文學藝術如此，神話故事如此，宗教也是如此。世上之人，有人的容貌漂亮、慈眉美目，有人的面相凶神惡煞、醜怪嚇人。《聖經》記載有上帝、天使，也有撒旦、魔鬼。所以上帝、天使自然被想像成漂亮的、和善的，而撒旦、魔鬼當然被想像成面目猙獰的害人精了。

我頓時開竅了——畫家、雕塑家的作品，也是在現實人生的基礎上，加上想像力創作的。大畫家齊白石有言：太似則媚俗，不似則欺世。意思是：作畫就要遊走於似與不似之間。工筆畫派畫出來的人像有如用相機拍照，十分真實，就是缺乏內在的神韻。畢加索的抽象畫，標榜前衛創新，顛覆了傳統畫派，紅極畫壇，一片叫好。你看他的抽象畫，一個人頭，兩個高低不平的面孔，一個鼻子分成兩半，眼睛一個直視，一個斜視，他要在這種荒誕的畫中表現甚麼？讚賞他的人說：你看不懂他的抽象畫，是你的欣賞能力低，你有甚麼好說？

我相信畢加索知道有人這樣讚賞他，一定在心裡竊笑。理由是，他曾經對一位中國畫家說：真正具藝術價值的是中國傳統的國畫。因此，我想到畢加索的抽象畫，正如齊白石說的「不似則欺世」——欺世盜名也。

我向文太太說：「你是畫家，會評論畫，要聽你對梵高的評價。」

文太太略為思索，這樣說：「梵高27歲才開始習畫，但他非常勤奮，死後留下大量作品。很多人都說他的代表作品是向日葵、梵高的臥室、麥田群鴉、鄉醫生、老農夫、星夜等等。他這些紅黃色調噴薄的畫作無疑很好。而我更加喜歡他的《食薯者》，食薯者是油畫，畫面兩個農夫兩個農婦都面向前，只有一個女孩背向，男女五個人在一盞小吊燈下圍着一張小方枱坐着食馬鈴薯喝黑咖啡。他們都戴布帽（背向的女孩沒有戴）農夫農婦四人因長期下田勞作，叉薯拿杯的雙手粗糙，筋肉凸起，隱隱然見到皮層下面的指骨。左面叉薯的婦人望着身邊的男人，右面的農夫遞杯子給身邊的婦人，而婦人正在聚精會神斟咖啡，無暇接男人的杯子，杯子停留他手中。

畫面中的五個男女，明顯是一家人，他們的生活雖然艱苦，晚上圍坐桌子食薯喝黑咖啡時，互相關懷的神情躍然臉上，溫馨感人，構圖是『知足者貧亦樂』的家庭晚餐。」

早前我看過《梵高傳》，也在雜誌上看過《食薯者》，文太太以畫家的角度評說梵高的畫，中肯獨到，令我佩服。

我看了《梵高傳》，相信在全世界的藝術家中，梵高的命運最悲慘。他1853年出生於荷蘭的普通家庭，初時做牧師去比利時的礦場傳道，被教會的人說他不稱職，開除了。他27歲才開始習畫，十年後因癲癇症吞槍自殺，37歲離開人世。梵高在法國南部的阿羅畫了大量作品，但終其一生，只賣出一幅畫，看到一篇美評。他的族人認為他不成材，他的幾次愛情都被女方離棄，他的三餐往往不繼，餓着肚子作畫。他為了藝術身心俱疲。他的畫無人賞識。他由少年至死的生活費都是他的弟弟西奧接濟，而且愛護他、安慰他。耶穌基督沒打救他，釋迦牟尼佛祖也普度不到他。最悲慘的是，他貧病吞槍自殺不到一年，世上唯一愛護他安慰他接濟他的弟弟西奧也病亡了，死後埋葬在他窮困潦倒一生的哥哥（梵高）墳墓旁邊，兄弟兩人在九泉之下相會。

這次去敦煌旅遊，我們有得益，也有感悟。我親見、親聞到各種佛像佛經，在我的人生中補了重要的一課。意想不到的，在這次河西走廊之行，認識年輕貌美的卓文君，成為好朋友。卓文君在旅途中，見識了大西北的各種事物，大開眼界，留下好的印象，非常高興。文太太和我們結伴而遊，重臨舊地，重溫以前見過的名勝古跡、珍貴文物，當然高興。鄭明明見到三危山上空的佛光，有了感悟，會不會改變她往後的人生？

卷五

離合豈無緣

1

從敦煌回到香港家中時，早已天黑了，街道上燈火明亮，很多店舖關門停業了。我爸的小餐廳也打烊，他回家休息了。

爸爸一見到我回家就說：「你去大陸旅遊這麼多日，餐廳少了你幫手，做死我們了，當初我不應該讓你去。」

我放下行李箱，用衫袖抹了一把汗，說我以後都不會在餐廳做了。爸爸想不到我會說這樣的話，他瞪大眼睛說：「你不在我餐廳做事，去哪裏做？」

我在飛機上已經想好對答了，說我要讀書。他不相信，說：「你要讀書？誰讓你去讀書？你哪有錢食飯、交學費？」

我說，我去外面打工搵錢生活，晚上去讀夜校。他恐怕我這個不用支工錢又為他落力做事的好幫手一去不返，這樣說：「你在我的餐廳做事，晚上我讓你去讀夜校。」

我說，在餐廳一早做到晚，關上舖門了，還要在廚房打掃牆壁地板，洗碗碟，清理爐灶，做完了已經很晚了，夜校都放學了，還有甚麼夜校可讀？

我有理由反駁他，他理虧了，這樣說：「你在我餐廳做事有飯食，我又給你錢使用，還讀書做甚麼？」

我說：「我沒有書讀，沒有知識，甚麼都不曉得，讓人家取笑。人家的仔女，無大學讀，也讀中學，我小學還未畢業，媽就病死了，你就要我退學回餐廳幫手。細佬（弟弟）就可升中學，繼續讀書，分明就是你重男輕女。」

爸爸見我大條道理反駁他，氣得面孔發青，吹鬚碌眼，大聲說：「我真不應該放你去旅行，你在外面認識一些豬朋狗友，跟她們學壞了，一回來就駁我嘴？」

我說：「同我去敦煌旅行的朋友都是文化人，有大學問，他們甚麼都識得，斯文有禮，對甚麼人都好，你話他們是豬朋狗友，是你侮辱斯文人！」

他說：「你無知識，人家有學問，怎睇得起你、同你做朋友？」

我說：「前年我去威爾斯親王醫院做放射治療時，鄭老師見我一個女仔，無人陪我睇醫生做電療，話我堅強勇敢，她可憐我、安慰我、教導我，還教我食甚麼食物可以防止癌病復發，多做運動快些恢復健康。你是我爸，你老婆是我後媽，我生癌，一個人去醫院做手術，一個人去睇醫生、電療，你們都無陪我去，不理我死活……鄭老師是外人，她都關心我，安慰我，帶我去大陸旅行散心，你仲話她是豬朋狗友，你詆譭她，不識好人心……嗚嗚嗚……」

我爸給我數落一番，急了，他說：「你是我個女，我怎會不理你死活？我開餐廳，一早忙到晚，無時間陪你去醫病，你不知道？我養大你，你有毛有翼了，會飛了，就話要去外面做事，不幫我手了？」

我哭着說：「以前我乖，甚麼都聽你話，你要我在餐廳做事，我依你，失去讀書機會，如今我長大了，曉事了，我要為自己的前途幸福打算。我要搬出去住，不回來了。」

他說：「你一出去旅行就變了，是誰教壞你？」

我說：「無人教壞我，是我自己想了很久才這樣做。」

他暴跳如雷，威嚇我：「你個反骨女，要是你搬出去，以後就不可回來！」

我和他既然攤牌了，就按計劃去做自己要做的事。我說：「以後不回來就不回來——是你講的！」

他講的話收不回了，說：「是我講的，怎樣？」

我不答他，拿起地上的皮箱，奪門而出。他要面子，雖然不捨，無留我。後媽平時就不喜歡我，恨不得我離家出走，當然不留我。既然反面了，我又在氣頭上，馬上走去走廊搭電梯落樓，跑到街上搭的士。

去到鄭明明老師的家門按門鈴，她打開木門，透過鐵閘孔口看到我，就讓我入屋，問我怎麼不回家？我說，我已經回去了，剛回到家就跟我爸大吵一場，跟他衝突反了面，要來她家暫住。

鄭老師說：「父女有事就好好講，何必反面？」

我放下皮箱，告訴她，我和我爸攤牌的理由是：如果我乖乖聽他的話，以後就要在餐廳做下去，沒有自由，不能出外交朋友，此生就沒有幸福快樂的日子過了。

鄭老師表示理解我的家庭環境。因為她知道我媽早就病死了，小小年紀就失去母愛，後母又對我不好，當我是眼中釘想除掉我。我生毒瘤切去一隻乳房，身體有缺憾，沒有男子要我了。

鄭老師同情我，讓我在她家住下。她叫我入浴室沖涼，趁早休息。

她的家屋，兩個睡房，另外一個工人小房，她沒有僱用女傭，小房放雜物。以前她和她的妹妹同住，她的妹妹出嫁了，搬去夫家組織小家庭，空出一個睡房，她就把那個睡房改為書房。我們收拾清理好工人房的雜物，鋪上紙皮，打地舖睡覺。睡覺的時候，想起目前的生活，變化，思潮起伏，睡得並不踏實。

2

蘭州沒有航機直飛香港，要飛北京轉機。既然要在北京停留，我們趁這個機會在北京遊覽。文太太在北京出生長大，會講普通話，又熟悉北京的名勝古蹟、環境，跟她一齊遊覽再好也沒有了。

辛文先生、鄭老師以前都來過北京，對京城都有印象，只有我是頭一次踏足此地，甚麼都不知道。飛機降落機場，出閘後，就搭的士去找賓館。

在王府井那邊找到賓館，租下兩個客房，放下行李，我就跟隨他們去遊覽。四個人之中，我年紀最小，又沒有甚麼知識，他們就當我是小妹妹看待，指教我。

三位長輩對我這樣好，我心中甚感不安。我年輕，有氣有力，做慣工作，替他們搬行李，做跑腿，報答他們。

辛文先生說，天安門城樓、故宮是京城的重要景點，先去參觀。

我問，甚麼是故宮？

我的無知，辛文先生費了不少唇舌對我解釋，我還是一知半解。他說：「故」，即是舊衣服、舊朋友，「宮」，即是皇宮、宮殿，「故宮」是以前皇家遺留下來的宮殿，世界各國都有。北京這個故宮是明朝、清朝時期皇家的住宅和辦事處，如今開放了，平民百姓都可以入去參觀。裏面一個個殿堂，還有成千上萬的房間，收藏着大量的珍寶文物。入到裏面參觀，有導賞員講解。

我們關上房門，落樓離開賓館，向天安廣場那邊走，穿過長安大街，向前望去，就見到天安門城樓了。城樓似乎沒有甚麼好看，向裏面走，有個牌樓上面寫着「午門」，周圍栽着古栢樹，樹下人來人往，很熱鬧。再向前走幾十步，就見到故宮的紅牆中間掛着毛主席頭像，左右兩邊的大字標語：中華人民共和國萬歲、世界人民大團結萬歲。

入到故宮裏面，正如辛文先生所說：「一個個殿堂，成千上萬的房間」。偌大的故宮，在裏面參觀的人，一群群，一批批，來來往往，猶如街市一樣熱鬧。講解員說普通話，嘰啦呱啦，我聽不懂，不知道他說甚麼。我隨着他們走來走去兩三個鐘頭，感覺頭昏腦脹，簡直就是受活罪！

我看看辛文先生、鄭老師、文太太，他們參觀每一個地方都神情專注，非常投入，他們明顯對裏面的東西都十分有興趣。他們如此感興趣，當然是聽得懂，理解其中的內容。有知識有文化多麼好啊！

走出故宮，微風吹來，吸了一口新鮮空氣，我的神智才清爽。踏着小拱橋向外走的時候，文太太說，這是金水橋，故宮、中南海的地下水都是經金水橋下面流出去。

我問她甚麼是中南海？

文太太站在金水橋橋邊對我解釋：故宮北面有三個湖泊，分別是北海、中海、南海，北海是公園，開放讓人民遊覽玩樂運動。中海和南海明朝時期就填平，建造成皇家園林，是皇室人員居住、辦事的地方。解放後又成為中央政府的高級領導及其家屬居住、辦事。毛主席是新中國的最高領導人，他在「懷仁堂」讀書辦事，接見世界各國元首……清朝這個地方叫做紫禁城，解放後叫做中南海，是新中國最高權力機構，政策都在這裏開會制定……

文太太對我們說粵語，外省人聽不懂，沒人注意她。但是我的文化水平低，沒甚麼知識聽了也是似懂非懂，不大理解。

離開故宮門前的金水橋，沿着長安街向北走，經過一處寫着「新華門」的地方，有持槍的軍人在門前把守，我們不敢停留，繼續沿着街道行走。文太太說，進入這個有軍人把守的新華門，裏面就是中南海，是普通人的禁地。

過了新華門步行大概十分鐘，向右轉入橫行，原來身處故宮後面了。向前走幾十步，見到寫着「景山公園」的門樓，裏面有花草樹木、亭台花池、門牆外面有籬笆，有樹木。文太太說，這個景山公園的地勢頗高，原來是以前開挖南海，把泥土堆在這裏，成為一片山坡，後來在這裏建造公園。門外那棵楊樹也有來歷——明朝末年，李自成攻入京城時，末代皇帝崇禎急了，揮寶劍斬殺宮女、公主，然後跑到煤山（景山）那棵樹上吊自殺死了，明朝滅亡

（崇禎皇帝上吊那棵樹，文革時被紅衛兵砍掉了，如今這棵樹是後來補種的）。

夜幕降臨，景山公園的管理員清場關門。辛文先生提議去「全聚德」飯店食晚飯。文太太同意，她說，以前她和親人去過「全聚德」吃北京烤鴨，的確好食，她移居香港幾十年，如今也想食。

到達「全聚德」飯店，整個廳堂都滿座，經理對我們說：「這些食客都是前兩天訂座的，今天全日都滿座。不過，地庫下面可能還有座位，你們不妨去地庫看看。」

落到地庫，幾乎客滿，好在偏廳還有一張空枱，我們馬上圍着小方枱坐下。文太太招呼服務員來點菜。「全聚德」飯店的烤鴨遠近聞名，外地人都慕名而來幫襯，我們既然來到京城，頭一道菜自然點烤鴨，另外點了幾道京菜。

過了半句鐘，烤鴨上枱了，斬成一塊塊，放在大瓷碟中，還有兩小碗調味醬料。我們齊齊拿起筷箸夾烤鴨吃，口感跟深井燒鵝差不多。辛文先生咬嚼一口，說比不上香港酒樓的片皮鴨好食，片皮鴨的皮脆肉嫩，食了齒頰留香。

鄭老師說：食在廣州，片皮鴨是廣州廚師傳入香港的，是正宗粵菜，合我們廣東人胃口，你才感覺片皮鴨好食過北京烤鴨。文太太，你的感覺怎樣？

文太太說：我在香港生活幾十年，食過深井燒鵝，食過酒樓的片皮鴨，片皮鴨炮製精細，北京烤鴨粗硬，只是蘸上特製的醬汁才感覺好食。

辛文先生笑笑道：「文太太的評判不偏不依，好！」

另外幾道京菜都送來了，排列在枱上，大家箸來箸往夾菜吃，大打牙祭，吃得非常高興。我沒有知識，未見過世面，不敢說話，默默地夾菜吃飯。

3

昨天晚上我們講好去參觀長城，今天早上在賓館的餐廳吃完早餐，就搭車去八達嶺，下車後爬一段坡路就登上長城。太陽高高掛在天空上，微風吹送，拾級爬長城並不辛苦。文太太六十多歲了，因為平時打太極拳、練氣功，身體好，爬石級登長城並不辛苦。鄭老師的年紀比她小十多歲，因為她治療乳癌，消瘦了，體力欠佳，我在她身邊照顧她，慢慢攀登。

以前我聽人說過「不到長城非好漢」，如今終於有機會登上長城了。但是我是女仔，不是男兒，不能做英雄好漢，就做一次英雌吧。

我們登上山頂的城樓，向北面眺望，極目望去，一片山丘田野，心想，那邊的敵軍要攻上長城打過來就很困難。

我說：「要這條長城做甚麼？」

鄭老師說：「秦始皇用國庫的錢，強迫人民築萬里長城是禦防匈奴攻打入中原，攻城略地，燒殺搶掠，佔領國土。」

我說：「長城是很久以前起的，怎麼還咁完整？」

鄭老師：「長城是二千幾年前起的，早就崩爛了，近代政府在原地修理好，讓人爬上來參觀。」

我說：「這段長城不是好長，怎麼叫萬里長城？」

鄭老師說，如今看到的只是八達嶺一段的長城。其實它東起河北省的山海關西至甘肅省的嘉峪關，全長上萬里，所以叫萬里長城。

鄭老師為我上一堂簡單的歷史課，我在心中感謝她。

長城依山勢建造，由山頂到山谷，又由山谷向那邊山頂延伸過去，無論山頂或山谷，它的高度都是幾十尺，而且有向外射箭的凹位作防守。如果有敵人來攻打，就在城牆上放箭投石射殺、擊退敵軍。

這段翻新的長城，時時都有人上去下來，在川流不息的人群踐踏下，腳下的石頭都磨光磨滑了，留下凹陷的痕跡，何時又要搬石頭上來維修更換？

太陽猛烈，氣溫愈來愈高。鄭老師的額上面沁出汗珠，有點氣喘，爬石級時顯得十分辛苦。我叫她靠在石牆邊歇息一下，從背包拿出礦泉水，擰開膠瓶蓋子，遞給她飲。她接了膠瓶，昂起頭，咕咚咕咚喝了幾口，說：「天氣這麼熱，你也要飲水，以防中暑。」

我從背包拿出兩瓶，分別遞給辛文先生、文太太。他們擰開瓶蓋，幾口就飲個瓶底朝天。我接過他們的空膠樽，去那邊掉入垃圾箱。

攀登長城是我人生的新經歷，在我土生土長的城市看不到的事物在大陸才看得到。這是我第一次來大陸遊行，促成我這次旅行的是鄭老師。想不到在臨出行時遇到文太太和辛文先生。他們都有大學問，見多識廣，跟他們一齊旅行，使我這個愚昧無知的人學到不少知識。

我們靠在長城石牆邊歇息飲礦泉水的時候，忽然一群腰間荷槍的公安人員跑上來，驅趕遊人即刻離開。到底發生甚麼事？大家都不知道，只能像羊群一般被公安驅趕往下跑。因為在長城上的遊人太多，被公安驅趕下來的人就亂成一團，閃避不及的被推撞，有人跌倒地上，痛得頭暈轉向，哇哇大叫。

我們乘興登上長城，惶恐而下。到了長城下面的停車處，不好久留，還好我們幸運地爭奪到一架的士，不多久回到天安門廣場。

落車後，我們在廣場中行走、瀏覽。文太太說，天安門廣場是世界上最大的廣場，也是最具中國文化特色。右邊這幢龐大的建築物是人民大會堂，國家有甚麼重大會議都在這裏召開，制定國家的政策。前面那座高聳的石碑是人民英雄紀念碑，紀念為國犧牲的大小英雄。前方左面那幢樓房是毛主席紀念堂，開放的時候，遊人可以入去參觀憑弔。

我們都想入毛主席紀念堂參觀，到達門前時，不知道甚麼原因不放開，只好門外行走，望門嘆息。

我不知道毛主席紀念堂裡是怎樣的場所，心生好奇，問辛文先生裡面有什麼東西吸引這麼多人入去參觀？

辛文先生說：「以前我以xx報社的記者身份來北京採訪，入去參觀過，毛主席的遺體放在透明的棺材中，讓人參觀憑吊……」

我說：「人民死了尸體都要火化，為什麼他的遺體可以保存？」

辛文先生解釋：毛主席領導共產黨打敗國民黨，成立新中國。等如以前的開國皇帝，有無上權力。他要怎樣做都可以，沒有人敢提出異議。

我說：「人民為什麼不叫他皇上，都叫他毛主席？」

辛文先生說，時代進步了，不叫皇上了。雖然叫法不同，其實皇帝、主席都是國家的最高掌權人，高高在上，他的話猶如聖旨，人民都要遵照他的指示去做……像埃及的法老王，他的尸體製成木乃伊，放在金字塔中。我們中國沒有金字塔，毛主席的遺體就放在他的紀念堂中，讓人參觀瞻仰。

4

翌日早上，我們在賓館看中央電視台新聞，才知道昨天遊人在八達嶺長城被公安武警驅趕清場的原因，原來是非洲一個小國的元首來北京訪問，公事辦完了，忽然想登長城看看，中央政府為滿足這位小國元首的要求，馬上下令公安部門去八達嶺長城驅趕遊人，清理障礙，外交部官員陪這位非洲小國元首登長城遊覽。

辛文先生看了這段電視新聞，冷冷一笑，沒有說甚麼。我不知道他心裏想甚麼，也沒有興趣知道，我只想去外面遊覽，看風景，看名勝。

早上我們在賓館的餐廳食自助餐。我在我爸開的小餐廳做事好幾年，客人點了甚麼飯菜，我們在廚房為他做，做好了才送到客人枱上。我不知道自助餐是怎樣搞的。

我們在餐廳一張方枱坐下。鄭老師對我說：你喜歡吃甚麼飲甚麼就去那邊隨便取，吃幾多都可以——是賓館包房客吃的。

辛文先生說，他早上習慣飲咖啡。我立刻去那邊斟咖啡，加上少許牛奶，拿回枱上給他。我問鄭老師、文太太要甚麼飲品。她們都說飲鮮奶，我正想去為她們斟，但她們說，自助餐是自己去取，不需要我代勞。

那邊幾張長枱，有冷飲品，有熱飲品，有包點、炒飯、炒麵、熱雞蛋、麵包、三文魚、水果等等，任人選擇。大家都拿一個瓷碟，喜歡吃甚麼就夾入瓷碟中，拿回自己的枱坐下來吃。

有人取了各種各樣的食物，裝滿瓷碟，堆得高高，但是只吃了小半剩下大半，服務生就來拿走，倒入廚餘桶，浪費了十分好吃的食物。

辛文先生說，五十年代末期中國發生大饑，人民都沒有飯食，吃雜糧野果野菜裹腹，沒有營養，病死餓死千萬人。如今人們怎麼好好的食物不珍惜、白白倒掉？

我說：「你怎樣知道大陸發生的事？」

他說，他在香港辦報，他任國際版編輯，有世界各地的消息來源，他們的報紙就報道，公之於世。

吃完早餐，我們去遊覽頤和園。我問，頤和園是不是像香港的公園？

文太太說：當然不是普通的公園，頤和園是清朝的皇家園林，是皇家人員居住遊樂的別墅，有衛士把守，平民百姓不能進入。解放後政府收歸國有，開放給人民入去參觀。

辛文先生接着說：「頤和園是慈禧太后用建造戰艦的錢造的，被世人唾罵。事後有人說，如果慈禧太后當年用這筆錢去建造戰艦，在甲午戰爭中也被日本海軍擊沉，變成廢鐵。而她拿這筆錢建造皇家園林，後人也有個園林玩樂。」

文太太說：「慈禧太后這麼做，是不是壞事變好事，各人有不同看法。」

鄭老師說：「當年慈禧太后若是由國庫撥這筆錢去建造戰艦，增加海軍的戰爭鬥力，甲午海戰可能不會慘敗，被日本佔去台灣。」

我不曉得甚麼是「甲午」，不曉得甚麼是「甲午海戰」，只想快些去看看頤和園是個怎樣的公園。

到達頤和園門前，就見到一條長長有上蓋的走廊，支撐走廊的柱石、拱頂，雕樑畫棟，十分氣派。進入頤和園，右邊的山坡上，一座座亭台樓閣，金碧輝煌，非常亮麗。亭台樓閣下面，是個水清如鏡的大湖，四面青山環抱，湖中聳立着八角的湖心亭，陽光下，金光閃閃，景色怡人。

文太太說，右邊的山叫萬壽山，山坡上的亭台樓廓是慈禧太后和皇帝的休息玩樂的行宮，山坡下面的湖叫昆明湖，供太后皇族觀魚泛舟，湖心亭是皇族乘涼賞月的好去處……這個皇家園林以前是清朝皇室獨享，皇朝結束了，成為公眾的，每天前來遊覽觀賞的人成千上萬，到處行走、拍照，嘈雜熱鬧，以前幽靜的園林變了質，沒有貴氣了。

我們沿着昆明湖周邊行走、拍照，樂而忘返，不覺時光飛逝，過了午時才離開。過了兩個街口，我們又渴又餓，進入一間餐廳食午飯。食飯的時候，辛文先生提議飯後去參觀大觀園。文太太和鄭老師都同意去。

我不知道大觀園是個甚麼樣的公園，以為像頤和園那樣的皇家園林，就跟隨他們去。

到達一處地方停下，我舉頭上望，門樓上寫着「大觀園」三個大字。兩邊的石柱刻着門聯：假作真時真亦假；無為有處有還無。

我認識門聯的字，不懂得是甚麼意思。

辛文先生說，這個園林是參照《紅樓夢》中描寫的大觀園建造的，入去慢慢參觀就能領會得到。

裏面十分寬敞，有亭台樓閣，有假山竹林，有小橋流水，有荷池花圃，有稻田菜地。辛文先生每到一處地方都作解釋。他說，瀟湘館是林黛玉的居所，蘅蕪園是薛寶釵的居所，怡紅院是賈寶玉的居所，賈母、李紈、王熙鳳等人各有居所。各人的居所都有跟她們的容貌身形一樣的塑像，栩栩如生，跟《紅樓夢》這部小說描寫的人物十分相似。

我們順着路邊的指示牌行走，到達一處落花繽紛的山坡，有個如真人的塑像，她的肩上扛着鋤頭，鋤柄挑着一個花籃，模樣像在行走。文太太說，這個塑像是黛玉葬花。曹雪芹寫的葬花詞是：「……儂今葬花人笑癡，他年葬儂知是誰。試看春殘花漸落，便是紅顏老死時。一朝春盡紅顏老，花落人亡兩不知！」

辛文先生輕輕拍掌，說：「文太太，你的學問好，記性也好，這樣長的葬花詞，一字不漏一字不錯背出來，難得！」

文太太說：「如今老了，以前讀過的書大半都忘記哩。」

辛文先生說：「我年輕時讀過《紅樓夢》，中年時重讀，事隔多年，若要我背幾句，也背不出來。」

鄭老師眼紅紅，表情哀傷，不知道她聽了文太太念葬花詞心有感觸還是別的原因才這樣？我不便問她。

太陽掛在西天，夕陽殘照，大觀園中的景物都被斜陽染成金黃色。管理員走來提示我們，說快將清場關門，參觀完了請離去。但是我們還是不願離開，一邊參觀一邊談論大觀園的事。我沒有知識，不懂得《紅樓夢》是甚麼書，林黛玉、薛寶釵、賈寶玉又是甚麼人。他們年青時在大學讀書，文太太是有大學問的畫家，鄭老師教書又寫書，辛文先生是報紙總編輯，個個都是文化人，只有我愚昧無知，真是慚愧！

不過，跟他們幾位有大學問的文化人來大陸旅行，在敦煌參觀莫高窟、三危山、鳴沙山、月牙泉，又在北京參觀故宮、景山公園、天安門廣場，登長城做好漢，接着參觀頤和園、大觀園，聽他們的談話，評人論事，多少也學到一點知識，好過同一些沒有知識又自以為是的人做朋友。

在北京的最後一日，他們去琉璃廠文化區買了不少古書、字畫，又去王府井的書店買了兩三袋好書。我年青，有氣有力，幫他們裝箱打包，幫他們搬搬抬抬，以示報答他們的好意和教導。

5

旅行完畢，回到香港，我和我爸的意見不合反面了，不好回我家，變成無家可歸，好在鄭老師收留我在她家暫住，才不至於露宿街頭。但是我不想成為她的負累，對她說：我想快些找一份事做掙錢生活，自己養活自己。

鄭老師說：「我妹妹早就出嫁了，搬去她老公那裏住。這麼多年來，我都是一個人居住，如今年紀大了，更加感覺孤單寂寞，我想你在我家幫我做家務，煮飯給我食，有個人陪伴……」

我說：「你想有人陪伴不難。我看得出，辛文先生對你有情有義，想娶你，你還有甚麼顧慮，不同他結婚？」

她說：「我早就想過不結婚了，今次去了敦煌，那裏是仙境佛地，又在三危山見到佛光召喚我，決定終身不嫁了。」

聽她這樣說，我心中有個朦朧的感覺，藏在心裏成了秘密。

鄭老師是我的良師益友，是我最敬愛的人。我坦誠對她說：「以前我在我爸的小餐廳做事，一早做到夜，不會為我自己打算。跟你們去大陸旅行，見了好多事物才開竅，我要為自己的前途着想，打算日間做工，晚上去讀夜校。」

她說：「你讀書不多，又沒甚麼技能，可以做甚麼工作呢？」

我說：「我在我爸開的餐廳做了這麼多年，可以做廚師。但是做廚師成日困在廚房裏炒菜，認識不到朋友，我不想再做這個行業了。別的事我不曉做，去工廠做工還可以。」

她說：「去工廠做工有廠長、工頭監管，不是成日困在工廠裏？」

我說：「工廠開工收工都定時，每月都有幾日假期，假日是自由身，有時間做自己喜歡的事，好過做廚師成年困死在廚房裏。」

鄭老師想了想，認同我的意見。她說：「工廠若是沒有宿舍給你住，你放工了就回我家住，幫我做家務，同我一齊食晚飯。」

6

我搵到工作做了。我沒有甚麼技能，在一家製衣廠做雜工。雜工，廠方要你做甚麼都要做，沒有固定工作崗位，天天都要做的工作是：從貨倉把布匹搬到裁牀部門，裁剪師傅裁剪成布料了，又把布料搬去車衣部門分派給女工車，女工把布料車成衣服了，收集她們車好的衣服搬到包裝部門給男工包裝。有時候也要做其他雜務，除了中午一個鐘頭休息食飯才可以停手，直到傍晚放工鈴聲響了，洗手收工，去打卡機排隊打卡離開工廠。

做雜工不需要技能，工錢當然少，不像那些車衣女工，按製成品計工錢，多勞多得。她們集中精神，伏在衣車前面不停手地車，想多掙一點錢。我的工錢是按日計的，做多做少都一樣，按時返工放工就可以了。

廠方沒有宿舍給工人住，放工就各自回家。我有爸爸、弟弟和後母，但我跟我爸反面了，不能返回家了，又沒有能力租別人的房子住，放工了就搭巴士回鄭老師的家暫住。

起初我打算放工後去讀夜校，但在工廠做了一日工，疲勞極了，再沒精神上夜校了。鄭老師知道我的情況，這樣說：「只要你肯學，我家甚麼書都有，你喜歡哪本由你。」

我問她，自己看書也可以學到知識？她說：「當然可以。世上好多作家因家貧，連中學都沒讀過，完全靠自己看書自學的。舉個例子給你聽，以前大陸有個作家叫沈從文，他是湖南省鳳凰城人，少年時在家鄉只讀過幾年私塾學堂，就去加入軍隊做事。二十歲的時候，他單身去北京尋求發展。到了北京，窮到無飯食，就在湖南會館寄宿，看書寫文章，寄去雜誌社投稿掙些少稿費食飯。初到北京時，他寫文章連標點符號都不曉得用。他非常勤奮，日夜自己看書學知識，寫了很多小說和別的文章，而且寫得非常好，成為大作家，還受聘去大學教書……香港有一個作家，他年輕時在大陸只讀過幾年小學，那時大陸發生大饑荒，餓死很多人，他無法生活下去，偷渡來香港，做勞工掙錢生活，一有時間就看書自學知識，年老退休了，別的事情都不做，在家裏專心寫作，十幾年間，寫了十多本好的小說……」

我聽了，精神一振，心想：人家看書自學都可以成為作家，就算我愚蠢不能像別人成為作家，起碼也可以學到知識。我說：「我看書很多字都不認識，又不識怎解，怎麼辦？」

鄭老師說：「不認識不理解的字就查字典、辭典。若是你不曉查，我教你。」

我照鄭老師的話做。晚上放工了，我在街市買菜回鄭老師的家煮飯，煮好了，我和她一起食飯。食完飯洗碗，沖完涼，她做她的事，我就躲在小房裏開燈看書，睏倦極了才熄燈上牀睡覺。

想不到看書成為我的樂趣，一日不看書恍惚缺失了甚麼，像欠了鄭老師一個交代。看書自學知識猶如儲錢，會愈儲愈多，又像滴水，一點一點滴在桶裏，過了一段時間桶裏的水就會滿。但是腦子裏的知識永遠也不會滿，必須日日學習、追求，永無止境。

我任職的製衣廠每月出一次糧，拿到工錢，我留一半自己使用，另一半給鄭老師。但是她不肯收，說：「這些錢是你辛苦做工得來的，不必給我，你儲存起來，將來有得用。」

我說：「我在你家住，當是交房租給你，請你收下。」

她說：「我不缺錢用。如果你當我是老師、是朋友，就不可給我錢。」

她的確是我的恩人、良師益友，她這樣說，就是惋拒，叫我怎樣做好呢？她說：「你的人工微薄，你自己攢着，必要時有錢使用。」

鄭老師不肯收我的錢，等如我在她家白住，我問心有愧。她說：「這間屋是先父母遺留給我和妹妹的，要是我不住了，就是她的。」

她這樣說是甚麼意思？她不住了，去哪裏住？別的地方她還有房屋？癌症復發了不久就離世？如果她真的不幸癌症復發不治，我怎麼辦？我和她一樣患乳癌，我的癌病會不會復發？我還年青，若是復發，不是比她更不幸？！

我不敢想下去了。

我任職的製衣廠有不少男工友，裁牀部門有個叫英雄的男子對我好，想追求我。他的年紀同我差不多，有技能，身體壯健，樣貌說得上英俊，有男性魅力。廠裏有這麼多女工，他為何偏偏看中我？他三番四次約我晚上放工了，同他去外面吃飯看電影。起初我婉拒他，但他不恢心，再約會我，看來我不答應他不甘心。

有男子看中我、追求我，我心中當然高興。有一天晚上，我心情好，跟他去餐廳吃飯，吃完飯，他又要我跟他去麗都戲院看電影。我說，我要回家做事看書，他說：「我昨天晚上已經買了兩張票，你不去看，兩張票不是作廢？」

我說：「你未得我同意就買戲票，你以為我會同你去看？」

他說：「我想，你會同我去。」

我說：「你太自信了。」

他的神情像哭又像笑，說：「求求你賞一次面同我去好嗎？」

這是我頭一次同男子雙雙吃飯、看電影。同他在餐廳的時候，我在餐廳借電話打回家給鄭老師，撒謊說：工廠趕貨，要加班工作，要晚些回去。但是我沒有說明要加班多少個鐘頭。免為其難跟英雄去麗都戲院看電影。

入場了，對號入座，我才知道片名叫《阿信的故事》，內容是講阿信的奮鬥，很勵志。

看完電影出來，英雄說要送我回家。我婉拒他，說我自己搭的士回去就可以了。他同我在街邊截的士，因為剛剛散場，很多人在截的士。他恨不得同我在一起久一些，沒有跟別人爭。這麼晚了，我心急回家，主動去爭奪的士。我爬入的士車廂，他揮手跟我說「拜拜」。

我頭一次同他在餐廳食飯、在戲院看電影，他不敢拖我的手，更加不敢親近我，他想跟我說話，欲言又止，自制守規矩。

過了兩天，英雄又約會我。我想起自己沒了一隻乳房，若是跟他繼續戀愛，感情深了，被他知道我生癌切掉一隻乳房，怎麼辦？為了避免中途分手痛苦，我心生一計，說我已經結婚有丈夫了，讓他死心。我還安慰他，說廠裏有這麼多女工友，比我條件好的大有人在，希望他找到好的戀人，英雄美人共偕連理。

他對我的祝福怎樣想，我管不了。我說我是有夫之婦，總可以斷了他追求我的念頭。

在製衣廠做雜工，每天都是搬布匹存倉、疊好、整理、分類，又照主管的指示，搬某種布疋去裁牀部門給師傅裁剪，師傅裁剪好了，再搬布料去車衣部門分派給女工車，這些工作天天如是，黑板一樣。做雜工無須技能，有氣有力的人都會做，做這些工作，沒有晉升機會，沒有前途，做多久都是雜工一名。

不知道甚麼原因，有些男工友喜歡我，想約我去飲茶看戲，對我示好。我不答理他，但他死纏爛打約會我，想追求我。我又使出那招殺手鐧，說我放工了要回去買菜煮飯給老公食。多謝他看得起我。他知難而退，不敢再糾纏我。

7

某天傍晚放工了，我在工廠樓下的車站搭巴士回家，在家居附近的街市買菜買肉回家，回到屋中，不知道鄭老師是不是有事外出辦理，不在家。我有大門鎖匙，自己開門入屋，把買回來的菜放在廚房中，復出廳子，發現飯桌上有一張白紙黑字的紙，字數少，空白多，上面只有幾行字：

我去山上靜修，也許會回來，也許不回來了。

這間屋，前日我在律師樓做了業權文件，若然我不回來了，就屬我妹妹鄭明訓所有，由她話事。

辛文先生的年紀大了，足以做你父親。但他是有學問的好人，值得信賴和依託。我觀察多時，你對他的觀感不錯，望你考慮……

後尾這段短短的文字，是關係我切身的問題，我看了心靈震動，重看一遍，沒有看錯，才思索鄭老師的話。辛文先生有學問，是好人，是正人君子，我知道。我尊敬他，同情他死了太太，如今單身過日子。他的年紀大了，做我父親卓卓有餘，我雖然年青，但我的身體有缺憾，沒有勇氣跟年青男子談戀愛。辛文先生已經知道我患癌切掉一隻乳房，他還是對我好。

幾十年來辛文先生對鄭老師不忘舊情，希望能夠同她再續前緣，成為夫婦。但是鄭老師已經決定終身不嫁了，希望我代替她的位置。

鄭老師留下文字說她上山靜修，是不是她出家為尼？我們這個城市，港島有山，九龍有山，新界有山，各個離島都是山，她去哪座山靜修？

我馬上拿起茶几上的電話，撥電話號碼打給辛文先生，電話接通了，沒有人接聽。他是鰥夫，他的兒子、女兒都在英國定居工作，沒有人同他一起住。他有事外出了？入浴室沖涼聽不到電話鈴聲？

過了十幾分鐘，我又打電話給他，他家的電話鈴聲響了很久，還是沒有人接聽。

聯絡不到辛文先生，打電話給文太太。她接聽了，我急急問她知不知道鄭明明的事。

她說：「你是卓文君？」

「是啊。」

「鄭明明怎麼了？」

「她留下字條在家，說她上山靜修，但她沒有寫明去哪座山靜修。她有沒有對你講過上山靜修的事？」

「沒有啊。你有沒有問辛文先生？」

「我剛剛打過兩次電話給他，都沒有人接聽。」

「啊啊，我想起來了，前幾日我們在海心公園太極場練功，他說，他有事去倫敦他兒子家中辦理，最快也要一個月才回來。」

「你知道他兒子倫敦家中的電話號碼嚒？」

「不知道。」

「你知不知道鄭老師有出家做尼姑的念頭？」

「她沒有講。不過，從敦煌回來，她的態度有了改變。她說，那天早上她在三危山見到佛光，是佛祖對她的感召。由這件事想，可能她會出家削髮為尼——這是我的猜測，現時還不可當真。」

「她是不是出家做尼姑，我們都要知道才放心。」

「當然。現時的情況，去哪裏見得到她？」

「好不好在報紙登尋人啟示找她？」

「她上山靜修了，就會放下世俗的事，不會看報紙哩。」

「好不好去報警求助？」

「她又不是失蹤。她離家之前，已經留下字條交代清楚是去山上靜修，警方不會受理——報警沒有用。」

「你知不知道她妹妹家中的地址、電話號碼？」
「不知道。你在鄭明明家裏住了這麼久，她妹妹、妹夫無來探望過她？」
「來過幾次，我們一齊食過飯，我沒有問她。」
沒有線索得知鄭老師身在何處，我坐立不安，不知道怎樣好。沒有辦法，第二天早上我照常返工。因為心中有事放不下，工作時心不在焉，一天時間恍惚一年咁長。
星期日工廠放假，我不必返工，早上我去海心公園太極場搵文太太，但是星期日沒有人在太極場練功，我回家打電話給她。她一接聽，我就說：
「文太太，照你看，鄭老師會去哪座山靜修？」
「大嶼山有寺廟，有精舍，有庵堂。她是女人，不會去寺廟、禪院，只會去精舍或庵堂。但是大嶼山也有好幾個精舍、庵堂，去哪個精舍、庵堂搵她？」
「逐個精舍、庵堂搵她好不好？」
「她既然去靜修，不理世事，就不會接見你。」
「她不接見我，知道她在哪裏靜修也心安。」
「問題是：她若不是去大嶼山靜修，就算你走遍大嶼山都搵不到她。」
「照你咁講，我們以後都見不到她？」
「不會的。就算她削髮做尼姑，她是個有情有義之人，等她靜下心了，她就會聯絡我們。你不要急，耐心等待啊。」

某日晚上放工回來，我在居所樓下大堂打開信箱，拿出一封信。信封是用英文寫的，收信人是鄭明明女士。信不是我的，不好拆，拿回家放在鄭老師的臥室中。

我想了想，如今不知道鄭老師身在何處，又聯絡不到她妹妹鄭明訓，怎麼辦？如果這封信有重要的事情要鄭老師做，不是錯失時機、好心做壞事？於是我返回鄭老師的臥室，拆開信封看信。

信是中文，是辛文先生寫的——

鄭明明：我在倫敦的事還未辦妥，要逗留到下月初才可以回港。我掛念着你，打了幾次電話給你都無人接聽，不知道你去了何處或者發生了甚麼事，甚為擔心。你接到此信，請即回信或打長途電話給我。我的聯絡電話號碼是……我聯絡不到你，又寫信給你妹妹、卓文君……

這下好了，我可以將鄭老師的事告訴辛文先生了。本來寫信給他，但書信往來需要很多日，不如打電話給他快捷，即時可以知道雙方發生的事。我馬上在家打長途電話給他。那邊的電話鈴聲響了一分鐘都沒人接，我正想收線，那邊卻傳來辛文先生的說話聲：

「卓文君嗎？這邊是半夜呀，電話聲吵醒我，起牀接聽……」

我忘了這時歐洲是深夜，說：「對不起，吵醒你啦。」

「不要緊。有事請講。」
「鄭老師二十日前留下字條，她說上山靜修，回不回來說不定。」
「上哪座山靜修？」
「她沒有寫明，我和文太太都不知道，正在想辦法去搵她。」
「她妹妹知不知道？」
「她妹妹沒有告訴我。我沒有她的電話號碼，聯絡不到她。」
「鄭明明是女人，她不會去寺廟靜修，只有去精舍、庵堂靜修。」
「文太太也是這樣說。但不知道她去哪個精舍……」
「靜修事小，我擔心她會削髮為尼。」
「文太太說，有可能……」
辛文先生幾十年來對鄭老師都不忘舊情，他老婆司徒珊早幾年病亡了，他就想同鄭老師再續前緣，成為夫婦。若然鄭老師真的看破紅塵出家削髮為尼，他就沒有希望了。

8

某天晚上，我放工回來，剛到達入屋，廳中的電話鈴聲響了。我即刻去接聽，是鄭老師的妹妹鄭明訓打來的，她說，她剛剛收到她姐姐的信，知道鄭老師已經在大嶼山竹園精舍削髮皈佛了。她又說，她一知道她姐姐已經削髮為尼了，就打電話去倫敦告訴辛文先生了。

我一知道鄭老師在人嶼山的竹園精舍皈佛，就打電話給文太太，約她去竹園精舍探望鄭老師。文太太說，佛門清淨之地，最好約埋鄭明訓一齊去，免得分開去打擾她。

我說，大嶼山這麼大，不知道竹園精舍在甚麼地方。文太太說，這個不難，她馬上去書店買大嶼山的地圖看就知道了。

明天是星期日，工廠放假，我不必上班，正好和文太太、鄭明訓去大嶼山。我和文太太家居九龍市區，搭海底隧道巴士去中環的離島碼頭，鄭明訓家居港島北區，她搭地鐵去中環站，下車，步行十分鐘就到達離島碼頭。我們約定在離島碼頭門前會合，大家見了面，就入閘搭去梅窩的小輪船。

在輪船上，我們坐在一起，我問鄭明訓她姐何時有出家的念頭。鄭明訓說：「她患了乳癌，好好的身體有了殘缺，就看化了，她暗示在這個爭名奪利、紅塵滾滾的世界活得太辛苦，想找個清靜的地方過完下半生。她和你們從敦煌回來考慮了一段時才去實行。」

我說：「你知道她起了這個念頭，有沒有勸她？」

她說：「就是有勸她，她怕我勸阻她，去了竹園精舍都不讓我知道。」

輪船乘風破浪向前行駛，半句鐘就到達梅窩碼頭了。我們上了岸，在朝陽照耀下，走去巴士站搭去昂平的單層巴士。大嶼山的公路沿着山勢建造，又彎又窄又斜，人在車廂中搖搖晃晃，有時候母牛小牛突然從山邊走到公路，司機要急剎車避免撞倒牠們，車廂中的人就前衝後仰，像搖骰子一樣嘩嘩叫。

巴士到達昂平終點站，我們落車，前面就是寶蓮寺。文太太看了地圖，昂平高原東南面是鳳凰山，寶蓮寺背靠昂平北面的彌勒山，南面是木魚山（彌勒、木魚都是佛教名稱）彌勒和木魚山下，是一片平坡，密林修竹，鳥語花香，山泉淙淙，清幽寧靜。不遠處立起的是「鹿湖山門」，山門裏面是鹿湖精舍。隔了一處叢林，向前走幾十步就見到竹園精舍了。

昨天晚上，文太太翻查《大嶼山誌》，得知竹園精舍是茂昌女士於1933年創建。茂昌女士在韶關南華寺求禪宗大法師足戒，及後南下大嶼山創建竹園精舍修煉。經歷多年歲月滄桑，精舍修葺過幾次，如今還完好。

門頭上「竹園精舍」四字剛勁質樸。

兩邊石柱的門聯：

竹仗偶雲遊願度眾生皈正覺
園花同雨墜拈來一笑悟真如

我們放輕腳步入精舍，一位在佛堂數念珠誦經的師太慢慢抬起頭說：「幾位施主前來有何貴幹？」

文太太雙手合什說：「打攪了。我們是俗名鄭明明的親人，專程來探望她。」

師太說：「她在佛堂禮佛，等她靜修好了才見面。」

佛堂的油燈幽暗，神壇上的佛陀像、彌勒菩薩、文殊菩薩、普賢菩薩像都俯首低眉，觀照眾生。我們在功德箱上獻上香油錢，燃點檀香插在香爐上，跪在蒲團上深深叩頭禮佛。我們是世間俗人，不會念誦經文，只是誠心禮佛，祈求心安。

一位面容秀氣的小尼姑招呼我們坐下，奉上清茶。文太太雙手合什答謝，我見她這樣做，也學她雙手合什答謝。我們靜靜地坐着，拿起杯子喝茶。茶香清醇，如飲甘露。

我在鄭老師家中寄居兩年，一有時間就入她的書房，從書架上拿書看，日子久了，也學到一點知識。我喜歡看小說，看《西遊記》、《水滸傳》，也看《紅樓夢》，雖然這些古典文學名著看得一知半解，也感覺很有趣，看得入迷，直到深夜睏倦極了才合上書本回睡房上牀睡覺。鄭老師鼓勵我，她說：「對某件事發生興趣，只要堅持學習就會有成績。你看《西遊記》、《水滸傳》、《紅樓夢》這些經典小說，初時不甚理解就當它是故事看，有時間重看，就會多理解，領悟它的意義。」

鄭老師又舉例說，《紅樓夢》裏的香菱，初時不曉得作詩，她誠心聽林黛玉的教導，也領會到作詩的竅門，自己嘗試作。

現時我們在竹園精舍飲的茶，茶是用山溪水沖泡的，清香順喉，生津解渴，提神醒腦，的確是好茶。我忽然想起《紅樓夢》第四十一回，妙玉邀請林黛玉、薛寶釵、賈寶玉等人在櫳翠庵喝茶。不料賈母也帶劉老老到來，妙玉只好也招呼她們坐下喝茶。妙玉是寄居在大觀園櫳翠庵帶髮修行，她沾了賈府的光，茶葉、茶壺、茶杯都是珍貴的。大觀園中的女子都是千金小姐、貴婦，而劉老老是個沒見識的鄉村農婦，她也用名貴的杯子飲茶，妙玉嫌她腌臢，她飲用過的杯子都不要棄掉！

我也是市井俗人，那位面貌秀氣、舉止文雅的年輕尼姑會不會嫌我污糟，我飲用過的茶杯她也會棄掉嗎？她的樣貌身材有點像曹雪芹筆下的妙玉，妙玉這個女子表面很清高，她的內心潔淨嗎？她在大觀園櫳翠庵帶髮修行能修成正果嗎？

鄭老師平時在家讀書寫作，做自己喜歡做的事，不與人爭，不會表現自己，不為名利。她善良，心靈潔淨，如今她削髮為尼，在禪堂青燈下誠心向佛，會有福報的。

竹園精舍旁邊花樹蒼翠，竹影搖曳，庵前荷池花圃，庵後山坡菜地，油菜花金黃一片，蜜蜂嗡嗡，蝴蝶雙雙起舞，如此清幽的自然美景，鄭老師在這裏靜修，滌蕩心靈，不會再動凡心吧？

我們坐在客堂靜靜地等待，不好說話，不敢走動。過了個多時辰，鄭老師從裏面出來了。她的長髮不見了，變成葫蘆頭，身穿灰色長袍，腳踏耳鞋。我一見到她就從椅子上站起來，上前叫她鄭老師。她雙手合什說：阿彌陀佛，我不是你鄭老師哩。

文太太糾正說：我們應該稱她師太哩。

鄭明訓上前擁抱她，叫她「家姐」。她眼紅紅，眼泛淚光，遲疑一下，叫她「師太」。

文太太對鄭明訓說：「你家姐成為佛門弟子了，你應該高興哩。」

鄭明訓對她姐姐說：「你何必這樣做？」

鄭老師說：「皈於我佛，行正覺，是我的心願。」

9

大家在竹園精舍強顏歡離別，各自回家。想起鄭老師與我如同母女的情誼，我非常懷念她。但是她已經成為佛門弟子了，我是世俗凡人，彼此生活在兩個不同世界了。

十多日後，我收到她的信，馬上拆開信封，展紙拜讀——

卓文君：別後可好？我們居住的屋子，業權屬於我妹妹鄭明訓的了。據她說，她要賣了它拿現金，舉家移民去加拿大。

她一賣屋，你就要搬走……

我出家為尼了，斬斷了辛文先生對我的情絲，沒有我在俗世了，他的情感就會轉向別的女人……他的年紀足以做你的父親，但你的身體也有無法彌補的缺失，你才沒有勇氣跟別的青年男子談戀愛，誤了你的青春和幸福……愛情不分種族，不分老少，只要男女雙方相愛就好。我看得出，你喜歡辛文先生，若不是，前年我們去河西走廊旅行，那天夜裏在蘭州賓館，你不會聽我話去他房間，是不是？人在愛情路上，愛人又為人所愛才得到幸福；單方面的愛不是真正的愛，幸福不會長久……辛文先生也喜歡你，我在俗世時，他才不好說愛你，如今我是佛門弟子了，他會全心全意愛你，希望你接受他，不可錯過機緣……

鄭老師真是佛心法眼，我的心意完全給她看準了。辛文先生有學問，是正人君子，是大好人，我敬愛他。鄭老師又苦口婆心勸我接受他，我還有甚麼可顧慮？

「青年男子追求一個女子，就會花言巧語博你歡心，務求得到手，得到手了，就不是他婚前所講的『好愛你』、『一生一世愛你』那樣了」——我在工廠聽到幾個已婚婦人都是這樣說。

辛文先生老成穩重，他對鄭老師的愛是含蓄的，從來沒有說「我愛你」——這是鄭老師親口對我講的。

辛文先生早已知道我患乳癌切了一隻乳房，跟他談情說愛時就不怕他中途離棄我。有甚麼比一個男人對自己終生愛護好呢？

10

某日傍晚，我剛剛放工回到居所，電話鈴聲就響了。我馬上去茶几上拿起話筒接聽，是辛文先生的口聲——

「卓文君嗎？鄭明訓打長途電話給我，說她姐姐去大嶼山出家了，是嗎？」

「前幾日文太太、鄭明訓和我去竹園精舍見到她，她已經剃光頭髮受戒了。」

「後日我就回香港，你同我一齊去看她好嗎？」

「好。你一個男人去，精舍的師太不會讓你見她……」

辛文先生從倫敦一回到家，就打電話給我，約好明天早上去大嶼山。

他的居所在九龍市區，大家約好在尖沙嘴天星碼頭會合。十多日前，我和文太太、鄭明訓去過竹園精舍，熟悉路途，由我帶他去。

從天星碼頭搭渡輪去中環上岸，行走十多分鐘就到離島碼頭，搭小輪去梅窩。在梅窩碼頭上岸，辛文先生心急，我們搭的士直奔昂平高原，在寶蓮寺門前落車後，我帶路去竹園精舍。

天氣晴朗，風和日麗，陽光灑在竹園精舍旁邊的密林修竹上，清幽寧靜，我們恍惚進入桃花源。

早前在輪船上，我對辛文先生說，鄭老師上午在禪堂靜修，不見客，我們扮作善信，進入精舍獻香油錢，上香叩拜菩薩，等鄭老師靜修完了，才會出來接見我們。

到達竹園精舍門前，時間尚早，我估計鄭老師還在禪堂靜修，就示意辛文先生去後面的樹下漫步賞花，消磨時光。過了個多小時才回頭進入精舍，上香叩拜菩薩。

鄭老師從禪堂出來見到我們在佛堂上香，有點意外，她雙手合什說：「兩位施主，請到靜室飲茶。」

我和辛文先生隨她入去，她的光頭戴着灰色布帽罩到耳邊，頸項後面只露出剛剛長出來的髮根，長袍罩身，耳鞋裹腳，步履輕盈。

我們在靜室的紫檀木椅子坐下，小尼姑奉上清茶，她在檀香氤氳中向辛文先生說：「卓文君自小喪母，後母對她不好，吃了不少苦頭。她寄居我家兩年，有個落腳處，如今那間屋子我妹妹要賣了，拿錢舉家移民去加拿大，她又要流離失所了，實在可憐。我建議她去你家暫住，有個落腳地方，她又可以為你做家務，煮飯給你食，大家都好，往後你要好好對她，我才安心靜修向佛。」

辛文先生想說話，又不知道說甚麼好，只是默默地點頭。我在心中感謝鄭老師為我的前途講好話、做好事。

（後來我才知道，鄭明訓賣那間屋所得的錢，姐妹兩人平分，鄭老師分到的錢獻給竹園精舍作經費，精舍住持才破格提升她做師太）

11

我在製衣廠做雜工，工資少，香港的房價高，租金貴，無能力租屋住，而我早就跟我爸反目成仇，不好回以前的家了。如今鄭老師出家做尼姑修禪，再沒有人幫我，解決居住問題了，我不去辛文先生家裏暫住，就無處容身了。

辛文先生想不到鄭老師會看破紅塵出家削髮為尼，他不能與鄭老師再續前緣，失望又痛苦，情緒低落，面容憔悴，頭上多了白髮。他一個男人獨居，最好有個人去陪伴他、安慰他（這種情況，鄭老師早就預料到，是她故意藉此讓我去他家居住的。）

我沒有家具，只在鄭老師的居所中收拾自己的衣服鞋襪、自己喜歡看的書本，放在幾個紙皮箱中，搬到居所樓下，搭的士去辛文先生的家。事先我們約好到達時，他在他居所樓下等我，兩人合力把幾個紙皮箱搬入大廈，搭電梯上樓。

辛文先生的居所也是兩個睡房，一個廳子，一個工人小房。他的女傭早就退休回菲律賓了，我是單身女子，就住在那個小房中。

我不想辛文先生養活我，早上照常去製衣廠做工，傍晚放工回到居所附近的街市買菜回家，像家庭主婦那樣做家務、煮飯。我想：辛文先生當我是情婦也好，當我是女傭也好，我都盡心盡力照顧他的起居飲食。

他是鰥夫，我是單身女子，兩人早晚相見，同枱食飯，日久生情，他不像起初那樣對我是父女之愛，而是情人之愛了——這是我所渴望的。

我和他的年紀相差近三十年。鄭老師說，愛情不分種族，不分貧富，不分年齡，男女雙方相愛就可結為夫婦。我想，世上老夫少妻多得很，別人用甚麼眼光看我由他去。

辛文先生同我去註冊結婚最好；不去婚姻署註冊，也無所謂，只要他真心愛我就好了。他說：「還是註冊結婚好，我都一把年紀了，一旦亡故，你就可以名正言順繼承我的遺產，別人不能染指。」

我說：「我不是為你的錢財才同你好。」

他說：「這個我知道。我不止要和你註冊結婚，還要在酒樓擺酒席請客，讓親友作見證。」

我說：「你要怎樣做我都同意。」

某日傍晚我放工回來，入浴室沖涼、更衣，準備入廚房煮飯，他讓我坐下，拿出一條珍珠頸鏈、一對金手鐲、一隻金戒指給我。我心中知道他送這些東西給我的意思，口中卻說：「你送這些金器首飾給我做甚麼？」

「給你做嫁妝。」

「嫁妝是女家出的……」
「你父親、後母都不當你是女兒了，哪有嫁妝給你？」
「他們沒有嫁妝給我，也應該我自己買。」
「你買我買都一樣。」
「你還未向我求婚，你以為我會嫁給你？」
「你都收下我的金器、首飾了，不到你不嫁。」
「你這樣做是逼婚啊。」
「我知道你早就想嫁給我哩。」
我高興又感動，攬着他，在他的面上深深親吻。這是我頭一次親吻男人，他嘴唇又粗又硬的鬍鬚刺到我痕痕癢癢，幾乎想發笑。我忽然想起一件事——
「你兒子、女兒知道我們要結婚嗎？」
「我已經打電話去倫敦告訴他們了。」
「他們怎麼說？」
「辛梓、辛杏都說尊重我的意願。」
「真係？」
「他們兄妹年紀輕輕就去倫敦讀書，受西方教育，有知識，思想開通，尊重別人的意願……」

「他們還未見過我啊，怎知道他們喜不喜歡我？」

「我去倫敦時，將你的相片給他們看了……」

「你哪有我的相片？」

「去敦煌旅行時，我們在三危山、月牙泉拍了不少照片，你忘記了？」

「他們看了我的相片有甚麼意見？」

「他們話你年青又漂亮，又話有你咁好的媽媽，非常高興。」

我頓時面紅心跳，我還未跟男人上過牀就做人家的媽媽。聖母瑪利亞是未婚就懷孕生了耶穌。耶穌是天父的兒子，是聖嬰，世上沒有人會取笑瑪利亞是未婚媽媽。我還是處女之身，居然有辛樟、辛杏兩個三十歲的兒女了，而且還有一個孫子和一個外孫！如今我只有二十幾歲，就兒孫滿堂，好不好笑？他們見到我的時候，叫我做媽媽、嫲嫲，我好不好應他們？

我的心情很矛盾，很想見辛梓、辛杏，但不知道他們喜不喜歡我。我問辛文先生，他的兒女、孫子回不回來參加我們的婚禮？

辛文先生說：「他們在那邊都有工作要做，忙得很，不會回來。」

他們都不回來，是不是不想見我這個後媽？

辛文先生看看我，恍惚猜到我的心事。他微笑說：「你這個媽媽做定了，嫲嫲也做定了。我們在香港行完婚禮，就飛去倫敦度蜜月，會見他們。」

辛文先生是準新郎了，他去印刷所訂印請柬，去酒樓訂酒席，去洋服店訂造禮服。而我很快就要做新娘了，去任職的製衣廠辭工，無工一身輕，去做我結婚需要做的事。

鄭老師是我的恩人，間接是我們的紅娘，她出家為尼食素了，不會來參加我們的世俗婚禮。但是我們還是拿請柬去竹園精舍拜會她。大家見了面，她知道我和辛文先生就要結婚了，心中高興，祝福我們幸福快樂、早生貴子。

早生貴子？早幾年我生癌腫瘤切了一隻乳房，還可以懷胎生子嗎？我知道她有這方面的知識，但她如今是佛門子弟了，我不好問她這些俗世的事了。

我寄居在她家時，為她做家務、煮飯、打掃屋子，她的書房，書架是書，枱上是書，椅子上也是書，我幫她抹塵，疊好，放得齊齊整整。她的興趣廣泛，各種各類別的書都有，也有很多中外畫家的畫冊，可見她的學問淵博，學養豐富。她患乳泉癌之後，又去書店買防癌、治癌的醫學書本回來看，吃甚麼食物可以防癌，吃甚麼食物會致癌，做甚麼運動對癌病人有幫助等等。情緒病、精神病、抑鬱病的治療書也有。

我從她這些醫學書本中，知道肺癆病、愛滋病會傳染人，最好不要和這些病人親密接觸。癌病不會傳染人，患乳腺癌的女人可以跟男人愛撫、親吻、交媾。與男人結婚性交會懷孕。患乳腺癌的女人可以懷孕生子嗎？醫學書本說，最好想辦法避孕，因為懷孕期間雌激素波動，癌病容易復發。但不一定會復發。

醫學專家說，切除乳房五年後，癌病不復發算是治癒了。我幾年前切除乳房又接受放射治療，身體愈來愈健康，工作讀書精神都很好，相信我的癌病好了。癌症病人的病痊癒了，就是正常人，不是可以懷胎生孩子？

我的身體健康，月經準時來，生理正常。我相信嫁給辛文先生，跟他同牀共枕，我會懷上他的孩子。我希望生兒育女，做媽媽。

辛文先生決定娶我了，我非常高興，馬上向廠長辭工，回家準備辦婚禮的事情。沒有工作的負累，我有時間炮製好的飯菜給他食，有時間看書，學多一點文化知識，不要做個愚昧無知的女人。

辛文先生早幾年患食道癌提早退休，有時間在家專心寫作了。他的書房堆滿了參考書和寫作材料。他告訴我，他正在撰寫一部《中國新聞史》，因為是大部頭的著作，需要幾年時間才寫得成。

這件事我幫不到他，我可以做的，沒有必要的事情，就不去打擾他，讓他在書房專心寫作，早日完成他的專著。

12

我們的婚禮在酒樓舉行。辛文先生着西裝禮服，我披白色婚紗，我們在禮堂上交換戒指，政府派律師來酒樓為我們簽署結婚證書，辛文先生與我就成為合法夫婦了。前來酒樓道賀飲喜酒的親友眾多，濟濟一堂。文太太、鄭明訓夫婦自然是座上客。鄭明訓說，他們飲了我們的結婚喜酒，就舉家移民去加拿大。

婚前，辛文先生的屋子裝修、粉刷一番，煥然一新，添置新家具、新大牀、新枕頭、新被褥，準備過新婚生活。

在認識的男人之中，我認為辛文先生比別的男人都好，值得付託終身，我深深地愛他。我們在酒樓舉行婚禮時，眾多親友、賓客作見證，辛文先生把一條珍珠項鏈掛在我的頸上，他又拉起我的手，為我戴上金手鐲、鑽石戒指。這時賓客拍掌祝賀，攝影師拍照，我恍惚變成了盛妝出嫁的公主，高興又感動。我愛他，信任他，願意他把我帶領到任何地方，以妻子的職責，照顧他的起居飲食，直到他終老。

辛文先生有學問，又是好人。我得到他的愛，高興又欣慰。我們的婚禮辦得十分體面，賓客滿堂。遺憾的是，眾多賓客中，沒有我至親的人來酒樓參與我們的婚宴，恍惚我是無親無故的孤兒。

婚前我回娘家，把我即將結婚的喜事告訴我爸，希望他來酒樓主持我的婚禮。但是我的後母不讓他來做主婚人。前幾年我去醫院做手術割除乳房了，她還惡毒刺激我：你媽是患乳癌死的，你遺傳她的壞基因，你也患乳癌，切掉一隻乳房……

我媽死的時候，我只有幾歲大，不懂事，不知道我媽是生甚麼病死的，後來我問我爸，他也不講，可能他有難言之隱吧？要不是我後母藉這件事打擊我，我就不知道我的乳癌是我媽遺傳的。

今天我做新娘，化妝師傅一早就來為我施粉塗脂描眉。她的手藝十分好，將我的面孔化妝得像仙女下凡。我佩戴着有義乳的胸罩，兩隻乳房豐滿，細腰、肥臀，穿着合身的新婚晚禮服，走路時婀娜多姿，引來賓客艷羨的目光，我也感覺自豪。

盛裝之下，人家不知道我沒了一隻乳房。我要保持這個秘密，必須把這個秘密隱藏起來，莫讓這個難以啟齒的秘密洩漏出去，只能深鎖在自己的心中。我的丈夫當然知道，但是他並不介意，他還十分同情我，願意跟我長相廝守。

婚後，我希望能生孩子，做媽媽。如今的女人，孩子一出生，就餵孩子食奶粉，沒給孩子哺乳，沒了一隻乳房也不要緊。若是我能夠生孩子，給他餵奶粉就好了。

大家飲宴完畢，賓主皆歡。曲終人散，留下美好的回憶。辛文先生第二次做新郎，心情歡悅，容光煥發，恍惚年輕了十歲。無形中和我的年紀接近了。

送完賓客，我倆回到家中，卸妝、入浴室洗身洗臉，穿着睡衣上牀。我初次跟男人同牀共枕，親近丈夫，有點緊張，面紅心跳。婚前我已經在他家居住了一段日子，和他同枱食飯，早晚相見，他一直守禮自制，沒有摸我親我，至今我還是處女之身，清清白白。眼前我是他的妻子了，我們上牀，他除下我的睡袍，又除了我的內衣，我就赤身露體在他的視線中。老夫少妻，因為是初夜，我感覺害羞，要他熄燈。

他伸手熄滅牀頭燈，睡房頓時黑暗如深海。黑暗是遮羞布。黑暗給人膽量。黑暗是慾望的溫牀。他厚重的身體慢慢壓下來，我承受着微微的痛楚而興奮。我愛他又為他所愛，我在靈魂與肉體、真實與虛幻的漩渦中掙扎浮沉。我兩手緊緊地抓着他的肩背，不讓他有喘息的餘暇，他接觸到我豐滿柔軟的肉體，猶如着了魔咒，所有的念頭都從他的腦海中消失，只有我的肉體令他消魂蝕骨。

他跟他的前妻同牀共枕多年，有豐富的性愛經驗，他把我引領入一個奇妙的迷宮，在這個迷宮中，我找不到出路，也迷失了自己。昏暗的睡房中，他凝視的是個白壁無瑕的裸體女子，我又像一隻貪婪的小母獸，要把他吞噬。甚麼道德、理性、初夜的嬌羞、屬於文明人的一切都一掃而空，連自己的靈魂在這一刻被扒得清光。我在他的愛撫搖動下，從未體驗過如此奔狂的快感。我恍如身處大海的波濤中，一浪接一浪，直到被洶湧的浪濤淹沒，才在載浮載沉中蜷縮在他厚實溫暖的懷抱中。初夜朦朧又紛亂，嘗試過了，性愛的神秘密碼破解，少女時期的性幻想的蓓蕾綻開了，吸着甘露，歡愉又舒暢，在溫柔鄉中作着甜蜜的美夢，直到朝陽初升才醒來。

睜開眼睛看看，我的丈夫辛文先生還在呼呼酣睡。

二〇二一年五月五稿
時年八十二

我的人生尾場（代後記）

十年前，我出版第一部長篇小說《筆架山下》四卷本（還未終卷）台灣一位文友王先生看了，沒說甚麼，也沒寫文章評論。幾年後，我寫成《筆架山下》第五卷，另起書名（狂亂）出版，王先生看完全書，他從台灣來港，打電話約我在中環的陸羽茶樓飲茶見面。飲茶的時候，談了彼此的生活寫作情況，飲完茶，回到他下榻酒店的房間，他訪問我，下面是我與他對談的錄音整理文稿——

王先生：你曾經對我說過，你一生的最高學歷是小學六年級，你的學歷如此低，年逾花甲才開始寫長篇小說，怎麼一寫就能交出這部一千四百多頁的大部頭小說？請講一下。

陳愴：其實我寫這部長篇並不容易，很多年前，我看過很多近代史書籍，搜集很多寫作素材，退休之後，前後花了足足六年時間、心力才寫成五卷，約九十萬字，完稿時身心俱疲，幾日才回復元氣，再寫第二部小說。

我在大陸的鄉村小學受教育只有六年，僅僅認識和寫中文字，當然談不上有甚麼知識學問。上世紀五十年代末，因為不願在大陸被整死餓死，從南中國邊陲的農村和兩個年青人，千辛萬苦輾轉來到東莞，又潛逃到深圳郊外的石礦場，爆石搬大石頭，掙一點點工錢吃飯。

當時的深圳只是一個小城鎮，那裏的中年、青年人都偷渡去了香港，石礦場請不到工人，他們出少少錢收留我們這些潛逃來的外地人爆石打石。我們三人不計較掙多少工錢，只求在石礦場有個落腳處，有飯填飽肚子，暗中打探偷渡的門路，經過一段日子，知道路徑了，就暗暗離開石礦場，扮作當地的農民，潛逃到後海灣海邊的叢林中匿藏，到了黑夜才落海，浮游了幾個鐘頭到才達九龍新界的流浮山上岸，等待機會搭車出九龍市區……那時香港政府講人道，有「抵壘政策」，成功到達九龍市區了，就可以領取身分證，成為香港永久居民。那時香港的工商業還未發達，謀生不易，但肯做勞苦工作也可以溫飽，能生活下去。對我而言，最好的是這個英國人管治的城市，自由開放，言論自由，甚麼報紙雜誌書籍都有，讓我眼界大開，跟大陸的專制閉塞是兩個完全不同的世界，我一下子就像從井底跳到地上的青蛙，耳目一新，驚嘆世界之闊大。

從此，我做各種勞工謀生，一有時間就去各個公立圖書館借書看，無論天文、地理、政治、歷史、文學的書，一到手就如饑如渴地閱讀，在家中的斗室中看，晚上在街道上的電燈柱下看，在車廂中看，在渡海小輪上看，去外地旅行時在火車上看，在飛機上看，甚麼地方都是我的讀書場所。

王先生：是甚麼動力驅策你拚命讀書？

陳愴：動力是求知求真。求知是讀書追求知識，大家都知道。求真比較含糊，需要解釋一下。我少年在大陸鄉村小學讀書時，課本怎樣寫，老師不敢多加一句減一句，照本宣科教：歷朝歷代封建王朝的皇帝、官僚、地主都是惡毒壓迫人民，沒有一個是好人。日本人侵略中國，國民黨反動派只打內戰，不抗日，讓日軍在中國土地上姦淫婦女，搶掠財物殺害人民。中國紅軍為了抗日，拯救人民於水深火熱之中，實行二萬五千里長征，抵抗日軍，日本是共產黨打敗的云云。

當時我就懷疑，實情是不是這樣？來到香港後，工作餘暇我讀了不少各個朝代的歷史，也讀了不少現代史的文章，國共兩黨當事人的回憶錄，跟新中國的課文有很大的差距。事實並非如此。

比如孔子興禮樂，宣揚溫、良、恭、儉、讓，教化人民向善。漢朝的文（帝）景（帝）之治，開天下之太平。唐太宗李世民愛民納諫，禮賢下士，開大唐盛世。康熙皇帝六次南巡，體察民情，關注水患，命當地官員治水，解決民災、民間疾苦。不但如此，康熙皇帝曾經染過天花，病情等如現今的瘟疫，人民受天花之苦，他命人研究疫苗，醫師取患者身上的痘痂去試驗，研究疫苗，治好大量民間患天花的病人。康熙身為皇帝，他好學不倦，在宮中南書房找來大量老師，主要是西洋傳教士，他離開皇宮去外面時，就要西洋傳教士隨行，隨時向他們求教科學技術、天文地理、數學等等知識，幾乎大半生都向西洋傳教士屈尊下問，謙恭有禮。他這個好皇帝，國民敬重，西洋人也敬佩。

蔣介石原先的政策是「安內攘外」（消滅共產黨才抗日），經歷「西安事變」後，他改弦更張，領導全國軍民抗戰八年，打敗日本無條件投降，哪是中共戰勝日本？在國內的人民都被他們欺騙了。不過，中共的紅軍被國民政府收編改為第八路，初時在山西省的平型關跟日軍打過一場硬仗，重挫日軍的銳氣，是他們唯一的戰蹟，但往後就只是發展自己的地盤和勢力了。

王先生：你又不是研究現代政治、軍事的，怎麼知道這方面的事情？

陳愴：我的《筆架山下》雖然是虛構小說，但這部小說的時代背景經歷辛亥革命、北伐、中共組黨、抗日戰爭、國共內戰、「土改」、到文化大革命，小說中的人物就隨着這些近代史事件浮沉起伏，構成《筆架山下》這部長河小說。若不知道這些近代社會事件，就寫不出來。小說的故事人物是虛構的，歷史事件不能無中生有偏離史實。

王先生：你這部小說的書名是《筆架山下》，你家鄉真有這座山嗎？用意又是甚麼？

陳愴：筆架山很多地方都有，一座山，三個山峰，遠遠望去，形狀猶如一個巨大的筆架。我描寫的筆架山，因為筆架村中有楊、梅、李三個家族，三個山峰是隱喻三個家族，數十年來，這三個家族都在競爭，比拚，都希望壓倒對方，掌握話事權。

筆架村有個古老的傳說，一代代流傳下來。話說筆架村不遠處有一座尖峰山，跟筆架山競爭鬥高，你拔高一丈，我就拔高兩丈，就這樣你來我往，你要高過我，我要高過你，鬥得難分難解。尖峰山鬥到疲累了，停下來喘息，筆架山得意不饒人，一次次地自我拔高，志在傲視群山，它在得意忘形的情況下，自我拔高到達天廷都不自覺。這時玉皇大帝坐在龍椅上聽文武百官奏事，不知道甚麼東西頂高龍椅，弄痛屁股，他低頭一看，才知道是一座山峰在作怪。他大怒，命雷公去收拾它。雷公領命，披掛上陣，命電母作先鋒，從天廷飛衝而下，左手執鐵鑿，右手握斧頭，狠狠地擊打山峰，山峰應聲崩裂，變成三個山峰，像筆架的形狀，永遠坐立在尖峰山對面，低過尖峰山一截。

王先生：真有意思。真有這個古老的故事嗎？

陳愴：沒有。是我想像出來的。

王先生：這是你在小說中要表達的觀點？

陳愴：你也知道，寫小說當然有作者的觀點，但小說和詩、繪畫、舞蹈、書法、雕塑等等，都是呈現的藝術，小說作者的任務只是把作品呈現給讀者，是甚麼觀點、主旨由讀者去評說。《水滸傳》的主旨是甚麼？有人說是農民聚眾反抗朝廷，有人說是豪傑好漢替天行道，有人說是官迫民反，有人說它是誨淫誨盜，要看各人怎樣介定。

長篇巨卷小說架構宏大，結構層層疊疊，猶如一家跨國大公司，人多複雜，不易理解。大部頭的小說，一個大主題中包涵多個小主題。不過，是甚麼主旨對一部小說並不重要，重要的是如何塑造人物用甚麼技巧去呈現。

王先生：寫作一部小說，作者總要在他的作品中表達一些甚麼。你在《筆架山下》這部巨著中要表達的是甚麼？

陳愴：你讀完全書也知道，這部小說是一條大脈絡和一條小脈絡平平發展，大脈絡是時代的風雲變幻，鬥爭奪取政權。小脈絡是筆架村中的楊、梅、李三個家族在時代的變遷中，像角力一樣競爭比拚。楊氏家族在共產黨的階級鬥爭的政策下，把李氏家族的人都鬥死殺死——我只是要將這些事情用小說的形式呈現出來而已。

王先生：這些事是你的親身經歷？

陳愴：我是寫小說，不是寫家族史。小說是憑想像創作的，當然也有作者的人生體驗和歷練。不然，他/她寫出來的作品就蒼白虛幻，沒有藝術魅力，沒有真摯的感情傾注入作品中，讀了等如飲清水，沒有味道。

王先生：對呀。《紅樓夢》就是它有藝術魅力，很多人都喜歡讀，有人讀完一次又一次，每讀一次都有新的體會。又如莎士比亞的《哈姆雷特》，丹麥王子哈姆雷特想手刃仇人為父報仇，因為性情優柔寡斷，錯失了幾次殺機，到了不該動手時才刺殺，與仇人同歸於盡，造成悲劇，很有震撼力。

陳愴：我不懂英文，只能看朱生豪和梁實秋的中文譯本，莎士比亞的劇本寫得非常好，讀了令我震撼不已。

王先生：哈姆雷特的性格複雜，是悲劇人物。你的小說人物也塑造得好，像李駱氏這個角色，天性勤勞善良、有一顆觀音菩薩的心腸，文化大革命時，她也被殺害。這個人物你塑造得如此形象，栩栩如生，這個人物有沒有原型？

陳愴：李駱氏是小說中核心女主角，她在第二章就出場，直到小說到最後一章，被楊家的掌權者趁文革動亂時槍殺，悲慘完結本性勤勞善良的一生。子彈射向她的時候，我這樣描述：

開槍射殺李駱氏的是楊海。這時李駱氏的頭上發出一道白光，白光在夜空中向上升，到了天空，白白的氣體形成一尊觀音坐蓮像，俯首低眉，眼神慈和，凝視這個狂亂罪惡的人間。

上述這段文字，名作家文學評論家東瑞先生在《狂亂》的序文中如此說：「……寫得非常慘烈悲壯，也是全書意象最美，筆觸最成功、意味最深長的一筆。李駱氏是陳愴九十萬字五部曲長篇裏創造的最完美的人物，她繼承了中華文化裏全部優良傳統的精華，是作者的最高審美追求。但在那『人妖顛倒是非淆』的荒謬年代裏，李駱氏無法容忍於農村的楊氏掌權者，向她射出罪惡的子彈……」

我清楚記得，當我寫到全書最尾一章時，多次停筆痛哭，為中國勤勞善良的人悲，老淚縱橫，弄到稿紙淚痕斑斑。過了一陣，情緒好了，換了稿紙繼續寫。書出版了，讀了東瑞先生上述的一段序文，又痛哭一場，悲傷不已。

有人說，一部感情真摯、思想深沉的作品，是哭出來的，我深有同感。

王先生：你這部長篇巨卷，我細讀了，感覺寫得比陳忠實的《白鹿原》還要好，你認為是不是你的代表作？

陳愴：這部小說是我的作品中篇幅最長，氣魄宏大，是波瀾壯闊的中國近代民間畫卷，但不是我的代表作，因為此書用平鋪直敘的傳統寫實手法寫成的，沒有創意：沒有創意的小說不是好的小說。往後十多年中，我寫了好幾部長篇和很多中、短篇，都不滿意，一直都想一部有突破性的作品。後來終於寫成一部題為《再遇已在病患時》。這部十多萬字的小說以癌症為題材，因為癌症是人類最大的殺手，醫學界的專家絞盡腦汁研究治療方法都無法治癒嚴重的癌病人。這個題材的作品，不是患過癌病入醫院治療的作家寫不出來，就算寫得出來也像鏡中花，水中月，缺乏真實感，不會真摯感人。

不知道我是幸運還是不幸，前年我吃瘦肉粗硬的食物吞不下去，卡在喉嚨不上不下，幾乎骾死。去看醫生檢查、照內窺鏡、抽食道腫瘤的組織去化驗，確診是初期癌腫瘤，不用做手術割除，去醫院接受放射治療，前前後後進出醫院四五十次。治病期間，在醫院中走來走去，看過幾位專科醫生，接觸過腫瘤科的醫護人員，見識醫院癌症部門的結構和醫療設備。最好的是，在病房和病友交談，在化療室、電療室門前輪候時，跟別的男女癌病人交談彼此的病情，了解他/她們身體甚麼部位生腫瘤、在甚麼情況下發現、發現時確診第幾期等等。有了一手真實資料，又去書店買有關癌症的書籍雜誌回來看，邊治病邊構思小說的故事、人物角色，心中有了小說的故事框架了，病癒後才敢開始動筆寫。寫到半途，寫不下去了，和朋友去河西走廊的蘭州、陽關、敦煌、莫高窟、榆林窟、三危山、鳴沙山、月牙泉遊覽觀察，尋找寫作素材，又在敦煌的書店買了藏傳密宗、敦煌的民間傳說、莫高窟的畫冊等書本回來作參考，數易其稿很辛苦才寫成。

王先生：你花了如此大的心力才寫成這部小說，必然是一部傑作哩。

陳愴：我是個沒甚麼學問沒有才華的人，怎寫得出甚麼傑作？不過，這部小說無論題材、內容、形式、技巧都突破我此前所寫的作品，是我較為滿意的。

王先生：出版了嗎？

陳愴：我晚年才真正投入寫作，在香港這個狹小的文壇寂寂無名，就算能夠寫出好的作品，也沒有出版社為我出書。以前自費出過幾部長篇，賣不出去，蝕了老本。現時已經寫好了三部長篇，兩部中、短篇，書稿包好放在房間牀底，節衣縮食儲錢，儲夠錢了，想最先出版《再遇已在病患時》，不願它長久埋藏在牀底不見天日。

王先生：你早就退休了，沒有收入，哪有錢儲蓄？

陳愴：我和我老婆工作幾十年，有一點積蓄，有自置居所，又有一間屋出租給別人，有租金收入，有錢就拿去出版書。

王先生：你的錢是辛苦做工掙來的，有錢了，不自己享受過好日子，只拿去出書，書又賣不出去，血本無歸，你這樣做值得嗎？

陳愴：過去幾十年，一有時間就讀書自學，日積月累，學到不少知識，有了文學知識才可以寫作，寫小說是我的志趣，想不到年老了都可以寫成短、中、長篇十部。既然辛苦寫成了，當然想出版面世。

我已經老了，體弱多病不知道甚麼時候死亡，每寫一篇/部小說時，我都在心中祈禱，請求上蒼再賜予我多一些日子，讓我完成正在寫的作品。感謝上蒼賜予我這麼長的壽命，讓我完成心中想寫的作品。

王先生：皇天不負有心人啊。

陳愴：感謝上蒼的眷顧，我能夠活到這個年紀，頭腦又如此清晰靈活，可能是寫作的動力支撐我活下去。

王先生：有道是，希望是人生的泉源。

陳愴：對啊。我自小就身子瘦弱，又多災多難。我生長在南中國窮鄉僻壤的農村，上世紀五十年代初，中共在農村搞「土改」運動，我祖父有幾十畝田地，家庭成分是地主，祖父祖母和幾個親人都被村民整死鬥死了，我苦苦掙扎求生到五十年代末，和兩個青年人偷渡來香港，沒有在邊防軍的追殺中死去，在香港曾經患腸胃病治好，又因糖尿病導致腎衰竭又醫好，前年患食道癌又能醫好恢復健康，如今還活着。這麼多次都能從災難中存活，可能就是我時常懷着希望做人吧？

王先生：你的命途坎坷，但你承受得起磨練……

陳愴：人生就是要磨練，最好在艱難、痛苦、貧困、失意，重重打擊中磨練。尼采說：「凡是不能殺死你的，最終都會讓你更強。」我在苦難中練就堅強，不向困頓的命運低頭，不向名利屈膝，晚年放棄安樂的生活，甘於寂寞，才能日復一日年復一年伏案寫出《筆架山下》這樣大部頭的小說。

王先生：從你小說的內容看，是借小說的形式為你家族的遭遇申訴？

陳愴：我生長的時代，中國有千千萬萬個像我們這樣勤儉起家的家庭，他們有田耕有飯食，就要受清算鬥爭致死。所以我要用小說中的人物事件呈現當時的中國社會，留給後來的讀者觀照。

忘記是哪位名人說過：歷史除了人名地名是真的，其他都是假的；文學除了人名地名是假的，其他都是真的。因為歷史是當權者統治下的人寫的，可以任意篡改，後世人看了分不出真假，很多人信以為真。被當權者欺騙了。文學不可以罔顧史實，比如狄更斯的名著《雙城記》就能重塑一七八九年法國大革命，貧窮的人變成暴民，他們攻入巴士底監獄，解放囚犯。他們為了報仇泄恨，把路易十六皇帝皇后官員送上斷頭台，造成以暴易暴，血流成河的血腥慘劇。

小說、戲劇是虛構的，作者通過筆下的人物事件描繪當時的社會象，反映現實。杜甫的《兵車行》：車轔轔，馬蕭蕭，行人弓箭各在腰，爺娘妻子走相送，塵埃不見咸陽橋……是描繪戰亂的民間別離和疾苦。《木蘭辭》的「阿爺無大兒，木蘭無長兄」，木蘭可憐老弱的父親，女扮男裝代父從軍，讀者讀了，就明白木蘭是個勤勞、善良、勇敢、孝順的女子，這是文學的「真」。奧威爾的《動物農莊》，豬可以當統治者，統治農莊中所有動物。《一九八四》中真理部的牆頭刻着引人注目的標語：「戰爭即和平，自由即奴役，無知即力量。」似乎是虛幻荒誕的世界。原來作者在小說中用虛擬荒誕的手法諷刺斯大林統治下的蘇聯社會，警惕世人，不要被獨裁者用謊言欺騙。

王先生：我也讀過奧威爾的《一九八四》、《動物農莊》，沒你領悟得如此透徹。

陳愴：多年來我讀小說、研究小說，又寫小說，領悟會深刻一些。不過，寫實小說存在不少缺點，側重描繪真實世界，模仿自然，欠缺人類的內心真實。

王先生：世上任何事物都難做到十全十美，每樣作品，喜歡它的人就說它好，不喜歡它的人就說它壞，要看各人的觀點和看法。

陳愴：你講得對。我看過余光中譯的《梵高傳》，梵高在法國南部阿羅租一間名為黃屋的屋子居住，寫生作畫，他佈置好一間房子，邀請他的好友高更來黃屋和他一起作畫。高更應邀來了，在黃屋住下，他看了梵高的畫，都是些寫生的寫實作品，不以為然，指出梵高的畫作描摹自然景物，太寫實，不是好的藝術品，叫他不要再畫這些東西，免得浪費時光精神。高更是印象畫派主將，他與梵高的觀點完全不同，兩人辯論、爭拗，梵高被高更氣到動武，不歡而散。高更離開阿羅了，梵高我行我素，堅持自己的藝術觀點作畫，不言棄。早上就揹着畫架，帶着顏料去外面取景，對着麥田、天空、群鴉、教堂作畫。阿羅地區的陽光猛烈如火，灼人肌膚，梵高在火一般熱的陽光下作畫，抵受着饑渴，抵受着熱浪的侵襲，一直畫到夜幕降臨才停止工作，揹着畫具、拖着疲累的身軀回黃屋，吃一片麵包充饑（他弟弟西奧接濟的錢未到，連一片麵包也沒得吃）喝一杯清水活命。儘管如此，他不氣餒，不放棄他的理想，堅持天天作畫，他的代表作，如麥田昏鴉、星夜、向日葵等等，都是名畫。當時都沒人賞識，沒有人買，沒錢買麵包活命。

梵高時代印象派畫風是主流，梵高的寫實畫作被視為過時落伍，因此，他一生人只賣出一幅畫，得過一篇好評，在貧困潦倒、癲癇症發病夾擊下吞槍自殺，因為沒有即時死去，極其痛苦，結束三十七歲的坎坷人生。他不是失敗者，而是失意者。往後他在畫壇的聲譽地位高於批評、輕視他的高更，如今他的作品在拍賣場中，一幅畫起碼拍賣數百萬美元，很多人爭着收藏。誰敢說寫實作品早已過時、即將死亡？

王先生：我也有同感。像喬埃斯的《尤利西斯》那樣讓人看不懂的小說，很快就被普通讀者遺忘，束諸高閣，只供學者做研究，成為文學史上現代派別的名詞。所以甚麼作品都要要有受眾，經得起時間考驗才知道好不好。

陳愴：現今社會上還有人以現代派作家自居，寫一些缺乏內容、蒼白無力的小說，自我感覺良好哩。

王先生：人各有志，那是他/她們的事。讓他自我陶醉吧。

陳愴：有朋友對我說：你辛苦做工幾十年，做到六十幾歲無氣力做了才退休。退休了，就應該去公園賞花觀鳥，去茶樓飲茶看報紙，去外地旅遊散心，在家含飴弄孫，過清閒的生活，安度晚年。為何一早到晚呆在家中的斗室思考寫作、攞苦來受？

我不理人家怎樣說，幾十年來，我在工作餘暇看書自學知識，為的就是有時間、有機會寫作。年老退休才可以全心寫小說。慶幸可以一部接一部寫出來，我不以寫作為苦，卻以寫嚴肅文學為樂。還有，我晚年堅持寫作，平均一年半就出版一本書，說明我暮年還是有用的老人，活在世上還有意義。

我嘔心血寫出來的書，沒有人看沒有人買，沒有人寫文章評論，情緒偶然也頹喪、失落。但我一想起畫家梵高的命運就釋然，繼續埋頭寫作。

世上的藝術家，梵高的命途最悲慘，他的父母族人視他是無用之人，連妓女都看不起他，譏笑他是紅頭瘋子。他的畫作無人賞識，賣不出去，無錢買麵包裹腹，但是他還是在貧困孤獨中堅持自己的藝術信念，他非常喜歡日本的浮世繪，在家臨摹歌川廣重的《大橋驟雨》和《龜戶梅屋》，樂而無憂。在失意、失戀、饑餓中走他的藝術道路。

我也是失學、失意者，但我有屋住，有飯食、有家庭、有兒孫，比梵高的處境好得多。梵高是我的精神支柱，是我做人的榜樣，我要在我暮年的人生中，演好我的尾場戲，做出一點文學成績，只有這樣，才對我的人生有所交代。

梵高生前的畫沒有人賞識，沒有人買，是失意者，但他死後的畫被世人視為藝術珍品，留名後世。而我死後有沒有人讀我的作品、評論我的小說？

王先生：在這次訪談中，我一開頭就說，你少年時在你家鄉的小學讀書，你的最高學歷只是小學六年級，你的文學知識都是來到香港刻苦自學的，寫小說又是無師自通，你是受哪幾位作家的影響最大？

陳愴：我因貧困沒有機會入中學、大學受教育，沒有老師指導我讀書，為了追求知識，我一有時間就去公立圖書館借書或去書店買書看。誤打誤撞，幾十年間，看過大量的好文章好小說，也看過大量的壞文章壞小說，有了各種小說作對比，才知道好與壞的分別，漸漸形成我的文學觀，用我的文學信念寫作。

我喜歡杜思妥也夫斯基的《罪與罰》、海明威的《老人與海》、芥川龍之介的《竹藪中》、魯迅的《祝福》、沈從文的《邊城》、劉以鬯的《對倒》、西西的《飛氈》、東瑞的《暗角》。這些中外名聲響亮的小說家，都讓我高山仰止。我的做法是：汲取百家創作小說的技巧為養料，無意模仿哪位作家的寫作方法，像耶穌背負十字架走自己的文學苦路，苦心盡力寫好自己的作品。我不知道我的小說寫得好不好，由別人去評說。

王先生：世上的藝術家、作家一般都是青年盛年出道成名，到了六七十歲時，已經擱筆退隱了。而你到了六七十歲才投入寫作，年紀這麼老大了，你有信心完成你的作品？

陳愴：人老了就會死，甚麼時候死，沒有人預料得到。起初我想，此生能夠寫成一部二三十萬字的長篇就好了，想不到一投入寫作，我的創作力十分旺盛，不只寫成五卷九十萬字的《筆架山下》，十幾年間，不間斷寫成短、中、長篇十部（主要是長篇），我想寫的作品都在有生之年完成，此生不算白活。

我能夠活到這個年紀，是創作熱誠令我忘卻衰老，忘記憂傷忘記失意，延遲了死亡。

王先生：你的心願達到了嗎？

陳愴：我寫成的小說十部，只出版了五部長篇，還有兩部長篇和三部中、短篇包好放在牀底出未版，心願只達到一半。想在有生之年出版面世，不知道能不能如願。一個文學作者，誰不希望自己的作品流傳世上？

王先生：你晚年退休才全心寫作，一寫就寫出這麼多部作品。別的作家青年盛年做得到的事，而你居然在七八十歲高齡做到了。像你的情況，沒有先例，可能你是第一人。

陳憶：哈哈，我沒有想過這個問題，不知道是不是如你所言。

王先生：你晚年才全心寫作，十幾年間，一寫成這麼多部好作品，大器晚成呀。

陳憶：我沒有才華，小器都說不上，是甚麼大器？

王先生：謝謝你接受我訪問。

陳憶：多謝你。

獲益

再遇已在病患時

著　　者：陳　愴
封面設計：西　波
主　　編：東　瑞（黃東濤）
督 印 人：蔡瑞芬
出　　版：獲益出版事業有限公司
九龍土瓜灣道94號美華工業中心A座8樓11室
HOLDERY PUBLISHING ENTERPRISES LTD.
Unit 11, 8/F Block A, Merit Industrial Centre,
94 To Kwa Wan Road, Kowloon, H.K.
Tel: 2368 0632　　　Fax: 3914 6917
版　　次：二零二二年三月初版
國際書號：ISBN 978-962-449-605-5